大江戸暴れ曼荼羅《まんだら》

おなご辻斬り

◆

八神淳一

この作品はコスミック文庫のために書下ろされました。

目次

第一章　世直し辻斬《つじぎ》り

一

徳川《とくがわ》第十一代将軍家斉《いえなり》の世。

四つ（午後十時頃）。金村惣兵衛《かねむらそうべえ》は提灯《ちょうちん》持ちの小僧とともに夜道を歩いていた。今宵《こよい》は新しく囲った四人目の妾《めかけ》のところに行ってきた。

惣兵衛は高利貸しである。

水野忠成《みずのただあきら》が老中首座となってから、以前のような賄賂《わいろ》政治に戻り、江戸《えど》の街に活気が戻ってきた。そのぶん、高利でも金を借りる者が増えて、惣兵衛は商売繁盛となっていた。

四人目の妾はあえて後家《ごけ》にした。若いおなごの肌もよいが、男の精を吸いまくった後家の柔肌《やわはだ》もまたたまらぬ。四人も妾がいると、今日は柔肌、明日は若肌と楽しめる。

木陰から、いきなり黒合羽《くろガッパ》を着た男があらわれた。

いや、違う。男ではない。おなごであった。

なぜなら、黒合羽の裾《すそ》から出ている足は黒い野袴《のばかま》に包まれていたが、とても細かったのだ。

おなごが道を塞ぐように、正面に立った。おなごは般若《はんにゃ》の面をかぶり、大刀《だいとう》を手にしていた。

もしや……五日前にあらわれた、辻斬《つじぎ》りでは……。

五日前の辻斬りと同じであれば、黒合羽の下は……。

おのれの命が危なかったが、惣兵衛は黒合羽の下を期待して、股間をうずかせていた。

「金村惣兵衛だな」

と、おなごが聞いてきた。とてもすんだ声だった。

人違いと答えようとしたが、人違いなら、おなごは黒合羽を脱がない。黒合羽の下を見たい。見てすぐに、逃げればよいのではないか。

おなごが先頭に立つ小僧を相手にしている間に、逃げるのだ。

「答えろ」

と、おなごが問う。

「はい。金村惣兵衛でございます」

と、惣兵衛は答えた。

「おぬし、高利で金を貸し、暴利を貪《むさぼ》っているな」

「とんでもございませんっ」

と、惣兵衛は否定する。

「緊縮財政派が一掃され、また、賄賂政治が幅を利かせるようになった。このままでは、また世は乱れ、いずれ幕府は倒される」

「そのようなことは、ございません」

「いやっ。今こそ、世直しが必要だっ」

と叫び、おなごが黒合羽を脱いだ。

「ひえっ」

と、小僧が素《す》っ頓狂《とんきょう》な声をあげた。

惣兵衛も目をまるくさせていた。黒合羽の下は乳まる出しであると噂《うわさ》には聞いていたが、目の当たりにすると、その眩《まばゆ》いばかりの色香に圧倒される。

おなごはほっそりとした躰《からだ》をしていたが、乳房はなんとも豊満だった。しかもお椀形《わんがた》で、形もよかった。

四人目の妾相手に二発出してきたばかりの惣兵衛であったが、夜道で目にするおなごの乳房に勃起させていた。

顔は般若の面で隠し、下半身は黒い野袴に包まれている。

そんななか、あらわな白い乳房は、とてもそそった。

乳房をあらわにさせて、鞘《さや》ごと大刀を持つ姿は異様であった。が、異様ゆえに、興味を引いた。

おなご好きの惣兵衛でさえも、その異様な妖艶《ようえん》さに接するのは、はじめてだった。

乳首はやや芽吹き、右の乳首の横にほくろがあった。

乳にばかり目がいっていたが、腰はしぼったようにくびれ、腹には贅肉《ぜいにく》などなく、なんとも素晴らしい躰をしていた。

そのおなごがすらりと大刀を抜いた。鞘を投げ捨てると、抜身を上段に構えた。

腋《わき》のくぼみがあらわれ、またも惣兵衛は目を見張った。腋の和毛《にこげ》がないのだ。きれいに剃《そ》られ、それが月明かりを受けて、眩く輝いていた。

腋に毛がないおなごを見るのは、はじめてだった。これはこれで美しいと思った。

上向きになった乳房もまたそそり、命を狙《ねら》われているにもかかわらず、惣兵衛は見惚《みと》れていた。

「悪徳高利貸し、金村惣兵衛、私が天に代わって成敗してくれるっ」

そう叫ぶと、おなごが迫ってきた。

ひいっ、と小僧がひっくり返り、提灯を落とす。提灯が燃え、おなごの白い裸体が炎で赤く染まる。

逃げなければ、とわかっていても、躰が動かない。恐怖ではなく、おなごの半裸の躰があまりに妖艶ゆえに、目が離せなくなっていた。

おなごが迫る。大刀が迫る。

たわわな乳房の揺れに、引きよせられていた。

「成敗っ」

と叫ぶなり、おなごが上段から大刀を振りおろした。

ひいっ、と小僧が叫ぶ。

「だ、だん……旦那《だんな》様……」

主《あるじ》の惣兵衛は額から血を噴き出し、背後に倒れていった。

おなごがこちらを見た。

「あ、わわ……あわわ……」

許しを請《こ》いたいが、恐怖で言葉が出ない。

「小僧、名をなんという」

「ご、伍作《ごさく》で……ございやす」

声が震えていたが、どうにか答えられた。

おなごは大刀を手にしていたが、鮮血まみれとなっている。

「伍作、世直し成敗、しかと目にしたか」

「は、はい……目に、しましたで……ございやす」

それは恐ろしかったが、それだけではなかった。

鮮血まみれの大刀を持つ、乳房まる出しの般若面のおなごは、この世のものとは思えないほど美しかった。

その美しさゆえ、世直し辻斬りは正義だと感じた。

「見たことを、みなに話すのだ。わかったな」

「は、はい……話します、でございやす」

おなごが視界から消えた。

伍作は射精していることに気づいた。そして、小便を洩《も》らしていることにも気づいた。

二

「また、おなご辻斬りがあらわれたぞっ」

両国広小路《りょうごくひろこうじ》。読売の声が響きわたる。

「おなご辻斬りって、乳まる出しの、般若面のおなごかいっ」

と、さくらの男が声を張りあげて聞く。

「そうだっ。乳まる出しの辻斬りだっ。今度は、悪徳高利貸しを成敗してくれたぞっ」

「そうかっ、それはいいっ」

「しかも、今回は、その場にいた小僧から話を聞けたぞっ」

「ということは、おなごの絵があるのかいっ」

「そうだっ」

と叫び、読売が紙の束をさしあげる。

「どんな乳なんだいっ」

「それは買ってからのお楽しみだっ」

「くれっ」

と、さくらが一枚取る。それが合図のように、俺にもくれ、くれ、といっせいに手が伸びてくる。

瞬く間に大量に刷った読売が捌《さば》けていく。なくなりそうになったころ、

「ひとつくれ」

と、ひとりの町人が手を出した。

買うとすぐに、読売を開いた。

中を見て、にやりと笑った。

早翔《はやと》であった。遠国《えんごく》お庭番として生きてきたが、高岡美月《たかおかみづき》という美形の剣客《けんかく》が江戸に入ってからは、その女剣客を見守る役についていた。

将軍家斉じきじきの命であった。

家斉は江戸城中庭の四阿《あずまや》にいた。

足下に、早翔が控えている。

「美月はどうじゃ」

早翔からは、毎日、美月の様子を報告させている。

「師範代として、今日も稽古《けいこ》をつけておられました」

「花びらはどうじゃ」

「ご無事です」

「そうか」

花びらとは、美月の生娘《きむすめ》の花びらのことである。美月には豊島隆之介《としまりゅうのすけ》という許婚《いいなずけ》がいて、裏長屋にともに住んでいるが、まだ生娘のままだった。

隆之介は堅物を絵に描いたような男で、浪人の身では美月の花びらをものにする資格がないと、手を出さずにいる。

美月の生娘の花びらを散らすことを考えている家斉にとっては、堅物の隆之介が許婚でいることは、逆によいことであった。

美月はとにかく美形で、乳も豊満である。黙っていても、男が寄ってくるおなごだ。その隣に、堅物の許婚がいれば、よい防波堤となる。

家斉は天下の将軍である。それゆえ、一介の浪人の許婚の花びらなど、権力を使えば、すぐに散らすことはできる。が、それではおもしろくない。家斉と名乗ってまぐわえば、大奥《おおおく》にいるおなごたちと同じとなってしまう。城の中ではなく、江戸市中で、しかも美月から差し出す形で、花びらを散らしたい。

家斉はこれまで、数えきれないくらいのおなごとまぐわってきたが、みな家斉が将軍だから、花びらを捧げてきたのだ。

将軍ではないおのれに惚《ほ》れて、捧げてほしい。

この世で叶《かな》わぬことがない将軍の願いである。

「それで、市中のほうはどうじゃ」

美月の花びらが無事であれば、ほかのことはどうでもよいのだが、いちおう家斉は聞いた。

「辻斬りがあらわれております」

「珍しいことではないであろう」

「世直しのために成敗すると、悪徳商人を斬っております」

「ほう、そうか」

家斉は気のない返事をする。ここまでじゃ、と立ち去ろうとしたとき、

「おなごの辻斬りでして、しかも乳まる出しで斬っているのです」

と、早翔が言った。

「なにっ、乳まる出しで成敗しているというのかっ」

なぜか、美月の乳房が目に浮かぶ。

「美月ではないであろうなっ」

「絵がございます」

「はやく見せろっ」

はっ、と早翔が懐から読売を取り出し、ひろげて、さしあげる。

おなごは般若の面をかぶり、下半身は黒い野袴であった。

上半身だけなにもつけていない。乳房は豊満で、見事なお椀形であった。

おなごは大刀を上段に構えていたが、腋に和毛がなかった。

「これは、どういうことだ。絵師が手を抜いたか」

と、腋のくぼみを指さす。

「さすが、上様。さっそく、そこにお気づきになりましたか」

「うむ」

と、家斉はうなずく。

「見た者が申しますには、腋には毛がなかったそうです。それが月の明かりを受けて、なんともそそった、と申しておるそうです」

「誰だ」

「辻斬りは悪徳商人は斬りつつ、御付《おつき》の小僧は生かしたそうです。その小僧の話です」

「その小僧は、この妖《あや》しげな辻斬りを見たと言うのか」

「はっ」

「なんと、運のよいやつだ。よは見ておらぬぞ」

「はっ」

「なにゆえ小僧が見て、将軍であるよは見ていないのだ」

「はっ」

「これは、ほくろか」

と、おなごの乳首の横にある小さな黒粒を指さす。

「さすが、上様。そこにもお気づきなりましたか」

「当たり前じゃ」

「ほくろでございます」

「そうか。なんともそそるおなごの辻斬りではないか。ぜひ、よも見てみたいものであるな」

と、家斉は早翔をにらみつけた。

三

深川《ふかがわ》のはずれの近藤《こんどう》道場。

「面っ」

今日も師範代である高岡美月の凛《りん》とした声が道場に響きわたる。

額に寸止めをくらった門弟が、参りました、と頭を下げる。

「次っ」

と、美月の声が響く。

今日も物見窓の前はひとだかりとなっている。

その中に、町人のなりをした藩主がいた。

長峰《ながみね》藩主、長峰彦一郎《ひこいちろう》である。隣にはこれまた商人のなりをした藩士の間垣孝《まがきたか》道《みち》がついていた。

「ううむ、美月」

と、彦一郎はうなる。

美月は夜伽《よとぎ》相手として、城に呼びつけた娘であった。剣術指南役を決める大会で、美月がおなごの身でありながら、決勝に残ったのだ。あのとき、目にした衝撃は今でも忘れられない。

剣術に興味はなかったが、凛とした美形のおなごが剣を振る姿には、たいそう惹《ひ》かれた。それで、夜伽に呼んだのだ。

が、寝間で太腿《ふともも》で首を絞められ、不覚にも落とされてしまい、気がついたときには大刀で脅され、馬を用意させられて、逃げられてしまった。

許婚である豊島隆之介とともに藩から出ようとしたが、国境で隆之介だけを捕らえ、美月は逃がしてしまった。が、美月は元長峰藩士、権堂矢十郎《ごんどうやじゅうろう》とともに城に忍び、見事隆之介を奪還し、そして脱藩したのだ。

参勤交代で江戸に来た彦一郎は、深川で師範代を務めている美月の姿を見て、ますますものにしたい、と思った。

が、そこに待ったがかかった。

驚くことに、将軍じきじきに、

――高岡美月の生娘の花はよが散らそうと思う。よいな、彦一郎。

と言われたのだ。

上様が美月のことを知っていることに驚き、しかも、その生娘の花びらを彦一郎同様、狙っていることにも驚愕《きょうがく》した。

もちろん彦一郎は平伏して、承諾した。

天下の将軍におなごのことで逆らうなど考えられない。美月の生娘の花びらを散らしたら、家斉の怒りを買い、間違いなく長峰藩は改易となるだろう。

さすがのおなご好きの彦一郎でも、藩士や民が路頭に迷うことがわかりながら、美月の花びらを散らす気はない。

が、こうして門弟相手に竹刀《しない》を振っている美月を見ていると、その凜とした美しさに股間がむずむずしてくる。

美月を忘れるために、夜ごと吉原《よしわら》に通い、花魁《おいらん》とまぐわっているが、つまらない。

将軍じきじきにだめだと言われると、かえって美月の花びらがさらに神々しいものに思えてくる。

「胴っ」

美月が門弟の腹を竹刀で払いながら、駆け抜ける。

根元をくくっている漆黒の長い髪が弾む。稽古着の胸もとも揺れている。

つづけて門弟を相手にしてかいた額の汗を、手の甲で拭《ぬぐ》う。

「ああ、美月」

やはり、ものにしたい。美月の生娘の花びらを散らせたら、死んでもよい。いや、いかん。藩士や民はどうなるのだ。

「殿、そろそろ藩邸に戻らないと」

と、隣に立つ間垣が言う。

「もう少し」

彦一郎はぎらぎらした目で、稽古をつける美月を見つづけた。


夕刻、隆之介と住む裏長屋に戻っていると、強い視線を感じた。

美月は立ちどまり、廃寺のほうを見た。そこには、見知らぬ町人が立っていた。

こちらにやってくる。

「あっ……」

町人ではなかった。なりは町人だが、美月の知った顔だった。

「間垣様っ」

「お久しぶりです、美月どの」

近寄った間垣が頭を下げた。

「やはり、生きていらっしゃったのですねっ。稽古をつけているとき、物見窓から間垣様のお顔をお見かけした気がしていて……見間違いかと思ったのですが、間垣様ならよいな、と思っていました」

「わしなら、よいな……」

「豊島様を逃がす手伝いをなさって、間垣様はもう生きておられないかもしれないと、ずっと危惧《きぐ》していたのです」

よかった、と美月は笑顔を見せた。涙がひとすじ流れていく。

それを小指で拭った。

「美月どの、物見窓からのぞいていたのは、私だけではありません」

「殿も……」

「そうです。今、参勤のお務めで江戸にいらっしゃいます。私は美月どのを探し、そして見守る使命を与えられ、こうして生きながらえています。美月どのあっての、この命なのです」

「間垣様……」

「殿はいまだに、美月どのの……その……花びらを……狙っておられます。あの、その……」

「生娘のままです」

と、美月は頰《ほお》を染めて答えた。

「そうですか。それならすぐに、隆之介どのに散らしてもらってください」

「それは……隆之介様が……お決めになることです」

「そうですか。それなら、隆之介どのとすぐに江戸より離れてください。いつ、殿から私に美月どのを捕らえろという命が下るかわかりません」

「江戸は離れられません」

「師範代のことですか」

「それもあります……」

上様よりの陰働きのことは、いくら間垣相手でも言えない。

「いずれにしても、江戸を離れることはできません」

「そうですか。わかりました」

失礼します、と間垣が立ち去っていく。

美月はそのうしろ姿を見つめるだけだった。

四

四つ（午後十時頃）に、権堂矢十郎は夜道を歩いていた。

札差《ふださし》、山崎屋《やまざきや》の用心棒をやっていた。世直し辻斬りがあらわれて、馴染《なじ》みにしている口入屋から声がかかったのだ。

山崎屋金左衛門《きんざえもん》もそうとうあくどいやりかたで金を稼いでいるらしい。今、成敗されそうだと身に覚えのある商人たちが、こぞって腕利きの用心棒を雇っていた。

隆之介にも勧めたのだが、あの堅物は、悪党を守るなどもってのほかと、相変わらず、日傭取《ひようとり》をつづけている。

今宵は後妻の花奈《かな》と夕食を楽しみに、料亭に出かけていた。その帰りである。

昨晩は、金左衛門は妾のところに行っていた。成敗されるかもしれないと案じつつも、後妻以外のおなごの肌は恋しいらしい。

今宵は後妻のご機嫌うかがいで料亭に向かったようであった。辻斬りを恐れつつも、夜ごと出かけている。まあ、そのために大金を払って、用心棒を雇っているわけだが。

ずっと家にいられたら、矢十郎も商売あがったりとなる。

後妻の花奈は水も滴《したた》るいいおなごで、そばを歩いているだけで股間がうずく。

さっきからずっとよき匂いが花奈から薫ってきている。

辻斬りのことがあるのか、四つをまわると、めっきり往来から人がいなくなっている。

木陰に人の気配を感じた。

すると、黒合羽姿のおなごが姿を見せた。

それを目にした刹那《せつな》、ひいっと金左衛門が叫んだ。提灯持ちの小僧も腰が引けている。

出たか。

般若の面に黒合羽。裾からは黒い野袴に包まれた細い足が伸びている。鞘ごと大刀を手にしている。

まさに世直し辻斬りだ。金左衛門は今にも腰を抜かさんばかりだったが、矢十郎は黒合羽を見ただけで、股間をうずかせていた。

待っていたぞ。乳を見せてくれ。

「札差の山崎屋金左衛門であるか」

と、おなごが問うた。とてもすんだ声をしている。ふと、高岡美月を思い出す。

金左衛門は答えない。どう答えたらよいのか、迷っているのだろう。正直に答えたら、斬られる。が、偽りを申したら、黒合羽の下の乳は見られないだろう。

金左衛門も黒合羽の下を見たいのだ。

「どうだ、正直に答えろ。おまえは、悪徳札差の山崎屋金左衛門であるかっ」

おなごの声が凜と通る。

「悪徳ではございませんが、おっしゃるとおり、手前は山崎屋金左衛門でございます」

そう言いつつ、金左衛門が矢十郎を見る。乳を見たあとは頼むぞ、と目が告げている。

「悪徳であろう。老中首座、水野忠成の世になり、賄賂政治が横行するようになってから、金を借りる者が増えているであろう。相手の弱みにつけこみ、高利を貪っておるであろう」

般若の面越しだったが、おなごの声はよく通る。まさに正義の声だ。正義ゆえに通るのだ。

「とんでもございません。暴利など貪っておりません。誤解でございます」

「山崎屋金左衛門、まったく反省の色が見られぬな。世直しのため、成敗してくれるっ」

そう宣言すると、おなごが黒合羽を脱いだ。

「あぁっ」

と、小僧が声をあげた。矢十郎も命を狙われている金左衛門も目を見張っている。

おなごは細身だったが、乳房は豊満だった。圧倒的な巨乳である。乳首はやや芽吹いていたが、右の乳首の横にほくろはなかった。

ということは、過日のおなご辻斬りとは別のおなごということになる。ひとりではないのだ。

「山崎屋金左衛門、天に代わって成敗してくれるっ」

おなごが鞘から大刀を抜き、上段に構えた。

このおなごには、腋に和毛があった。腋の毛を剃るのは決まりではないようだ。

しかし、なんと素晴らしい姿なのだ。般若の面をかぶり、下半身も黒い野袴で隠しながら、上半身はまる出しなのだ。

しかも、乳房まる出しで大刀を構えている。想像以上にそそった。

金左衛門も命が危ないのに、惚《ほう》けた顔でおなご辻斬りを見ている。

「成敗っ」

と叫び、おなごが迫ってくる。

「先生っ」

と、金左衛門が叫んだ。揺れる乳に見惚れていた矢十郎は、その声で我に返り、すばやく大刀を抜くなり、金左衛門の額の前で、おなご辻斬りの刃《やいば》を受けとめた。

ぎりぎり助かった金左衛門は、はやくも腰を抜かして崩れそうになる。

が、背後に立つ後家の花奈は主の躰を支えることなく、おなご辻斬りと矢十郎との戦いを見ている。

矢十郎は受けた刃を押し返していく。

「用心棒、邪魔だてするなっ」

「これが生計《たつき》なのでね」

と言いながら、渾身《こんしん》の力で押し返していく。おなごはなかなか力があった。

「このような悪徳商人の片棒をかついでどうする」

般若の面越しに、おなごが問う。

「おあしがないと生きていけないのでね。高尚な御託より先にまずはおあしだ」

と言って、強く押しやった。

おなご辻斬りがよろめき、乳房が重たげにゆったりと揺れた。

この乳房の揺れがどうも気になって、気が散ってしまう。

「金、金、金。なんて薄汚れた世になってしまったのか。これもすべて水野忠成が悪いのだ」

水野様もたいそうな悪人となっている。

「邪魔だてするなら、おまえも斬るっ」

そう叫び、おなご辻斬りが矢十郎に刃を向けてくる。

袈裟懸《けさが》けを弾《はじ》き、小手を受ける。正面から来た刃を受けとめ、鍔迫《つばぜ》り合いとなる。

おなごの乳房がすぐそばにある。うっすらと汗ばみ、なんとも言えない体臭が薫ってくる。

乳首がさきほどより、とがっていた。刃を交わして、昂《たかぶ》ってきているのか。おなご辻斬りはかなりの遣い手である。遣い手ほど、相手ができると血が騒ぐものだ。

おなごのほうから鍔迫り合いを解《ほど》いた。

さっと下がり、矢十郎の胴を狙ってくる。

矢十郎はそれを弾くなり、おなごの弾む乳房を狙った。揺れる乳房は相手を惑わす強みもあるが、前に出ているぶん、刃が届きやすい弱点もある。

案の定、刃がとがった乳首をかすめそうになった。

おなごがぎりぎりでそれを受ける。かなりの剣客でなければ、乳首は飛んでいた。

「やるな。わしは浪人、権堂矢十郎と申す。そなたの名を教えてくれ」

「名は……れ……いや、世直し辻斬りだ」

「それだけの乳を持っていて、そんな野暮《やぼ》な名はないであろう。冥土《めいど》の土産に教えてくれ」

「先生っ、縁起でもないことをっ」

と、尻餅《しりもち》をついたままの金左衛門が泣きそうな顔で叫ぶ。

「私の名は世直し辻斬りだっ」

矢十郎の刃を弾き、ふたたび袈裟懸けをしかけてくる。

矢十郎はそれを弾くなり、またも乳房を狙った。

おなごはさっと下がったが、乳首の横を先端がかすめた。鮮血がじわっと出てくる。

「あっ、血がっ」

と、小僧と花奈が叫ぶ。

おのが乳の血を見たおなごは、急に怖気《おじけ》づいたのか、さっと下がり、黒合羽を手にするなり、踵《きびす》を返した。

矢十郎は追わなかった。斬るには惜しいおなごだったのだ。

「先生っ」

と、金左衛門が立ちあがろうとするが、腰が抜けたままで立ちあがれない。

その前で、花奈が矢十郎に抱きついてきた。

「矢十郎様っ、花奈、怖かったです」

花奈が小袖《こそで》越しに、豊満な胸もとをぐりぐりと矢十郎に押しつけてくる。

「ああ、矢十郎様」

はじめて命懸けの戦いを見たのであろう。花奈はかなり昂っている。

金左衛門がいなかったら、口吸いしそうな勢いであった。

「大事ないか、花奈さん」

大刀を鞘に収めると、花奈のあごを摘まみ、美貌《びぼう》をのぞきこむ。

「はい、矢十郎様のおかげです」

矢十郎を見あげる後妻の瞳は、妖しく濡れていた。恐らく、女陰《ほと》もぐしょぐしょであろう。

五

矢十郎は山崎屋の屋敷にいた。用心棒として雇われてからは、ずっと泊まっている。妻の藤乃《ふじの》とはもう五日もまぐわっていない。ということは、もう五日も精汁を女陰に出していないことになる。

美月とともに長峰城の奥に侵入し、藩主彦一郎の情婦《いろ》となっていた藤乃を奪還してから、藤乃とまぐわわぬ夜はなかった。

矢十郎は美月に感謝している。川で倒れていた美月を助けなかったなら、許婚を奪還したいと言う美月と出合わなかったら、今も長峰藩近くの宿場町で用心棒をやりつつ、藩主の慰み者となっている妻を思い、うじうじと生きていたであろう。

それゆえ、美月には誰よりも幸せになってほしいと思っている。一刻もはやく隆之介と結ばれてほしいと願っている。が、現実は生娘のままだ。

夜ごと隣に美月が寝ているというのに、手を出さない隆之介はすごいものだと感心してしまう。

矢十郎はさきほど見つめ合った花奈を思い、勃起させているというのに。

障子の向こうに、人の気配を感じた。

寝床についていた矢十郎はすばやく起きあがり、大刀を鞘ごと手にした。

「矢十郎様、花奈です」

と、おなごの声がした。

「花奈さん……」

夜這《よば》いか。矢十郎の魔羅《まら》がこちこちとなる。

失礼します、と襖《ふすま》が開く。するりと、寝巻姿の花奈が入ってくる。

するとそれだけで、寝間が花奈の匂いに包まれる。

「矢十郎様」

と、鞘ごと大刀を持ったままの矢十郎に、花奈が抱きついてくる。

「夜這いはまずいぞ」

「わかっています。でも……」

「でも、なんだ」

と、花奈のあごを摘まみ、美貌を上向かせる。寝床に入っていたが、まだ行灯《あんどん》は消していなかった。消さずにいてよかった。

花奈の潤んだ瞳、半開きの唇をじっくりと見ることができた。

「我慢できなくて……来てしまいました……矢十郎様がいけないのです」

「わしのせいか」

「はい。矢十郎様のせいです」

そう言うと、瞳を閉じた。唇は半開きのままだ。

ここで口吸いをしないのは、この世で堅物の隆之介だけであろう。いや、隆之介でも口吸いくらいはするかもしれぬ。

それくらい、口吸いを待っている後妻の唇はそそった。

とうぜんのこと、矢十郎は花奈の唇を奪った。

「う、うんっ、ううんっ」

いきなり、お互いの唇を貪るような口吸いとなる。

ぬらりと舌を入れると、すぐさま花奈が舌をからめてくる。唾《つば》が甘い。

「うっんっ、うんっ」

ぴちゃぴちゃと音を立てて、お互いの舌と唾を貪り合う。

「お乳を」

唇を引くと、唾を垂らしつつ、花奈がそう言う。すでに、濃厚な口吸いで花奈の瞳はとろけている。おそらく、あそこはどろどろであろう。

矢十郎は寝巻の前をはだけた。すると、意外と豊満な乳房があらわれた。

「大きいな」

思わずそう言うと、鷲《わし》づかみにする。いきなり、強めに揉《も》みしだく。そういうのを望んでいる気がしたのだ。

案の定、花奈はすぐさま淫《みだ》らな反応を見せる。

「ああっ、矢十郎様……ああ、お強い。矢十郎様……ああ、花奈の乳を、めちゃくちゃにしてくださいませ」

やはり、そうだ。おなご辻斬りとの戦いで昂り、そのまま悶々《もんもん》としていたのだ。

乳房から手を引く。乳首がしこっている。それを摘まむと、強めにひねる。

「あっ、矢十郎様っ」

花奈が甲高《かんだか》い声をあげる。

矢十郎はすぐさま、花奈の唇をおのが口で塞いだ。屋敷の中は静まり返っている。花奈のよがり声はかなり響くのだ。

口を塞いだまま、左右の乳首をひねりつづける。

「うう、うう……」

花奈が火の息を吹きこんでくる。乳房だけまる出しの躰をがくがくと震わせる。

まさか、もう気をやるのか。乳首だけで。

矢十郎は乳首から手を引いた。口も引く。

花奈は、はあはあと荒い息を吐きつつ、矢十郎の寝巻に手を伸ばしてくる。帯を解くなり、前をはだけると、下帯にも手をかけてきた。

矢十郎は花奈の好きにさせていた。一刻もはやく魔羅をつかみたいのだろう。

下帯を脱がされた。弾けるように魔羅があらわれる。花奈の美貌に向かって、突きあげていく。

「まあ、なんと頼もしい魔羅……」

花奈はうっとりとした顔で、そそり立つ魔羅を見つめる。

そして、両手でつかんできた。

「硬いです……お強い御方の魔羅は硬いです」

花奈はしっかりと握り、しばらくそのままでいたが、

「もうだめっ」

と、声をあげるなり、鎌首《かまくび》にしゃぶりついてきた。

先端が後妻の口の粘膜に包まれる。くびれで締めて、強く吸ってくる。

「うう……」

矢十郎がうなる。

花奈はじゅるじゅると唾を塗《まぶ》しながら、鎌首を吸ってくる。

そして息継ぎでもするように唇を引くと、すぐさままた咥《くわ》えてきた。今度は鎌首だけではなく、反《そ》り返った胴体まで咥えこんでくる。

瞬く間に、矢十郎の魔羅が花奈の口の中に吸いこまれていった。

根元まで咥えると、そのまま吸ってくる。頬がぐぐっと窪《くぼ》む。

「あう、うう……」

矢十郎がまたうなる。これは藤乃にも勝るとも劣らない尺八《しゃくはち》であった。

妻の藤乃はもともと床上手であったが、藩主に奥に呼ばれ、相手をするように

なってから、さらに技に磨きがかかっていた。そんな藤乃を圧倒するくらいの尺八を花奈は披露している。

「うん、うんっ」

花奈の美貌が上下する。優美な頬が窪み、ふくらみ、また窪む。

花奈が唇を引きあげた。矢十郎の魔羅が先端からつけ根まで後妻の唾まみれとなっている。

花奈は魔羅をつかみ、ゆっくりとしごきつつ、ふぐりに唇を寄せてきた。舌で舐《な》めあげると、袋ごと頬張ってくる。

そして魔羅の先端を手のひらで包み、なでなでしつつ、ふぐりもぱふぱふと中の玉に刺激を与えてくる。

そのぱふぱふぐあいが絶妙であった。藤乃のぱふぱふも素晴らしかったが、花奈も股間にびんびん響いてくる。

それゆえか、鈴口から先走りの汁が出てきた。それに気づいた花奈が手のひらを引くなり、ふぐりから美貌をあげて、あら、と言いつつ、ぺろりと舐めてくる。

「ああ……」

矢十郎は腰をくねらせる。さらにあらたな汁が出てくる。それを花奈は、矢郎を濡れた瞳で見あげつつ、ぺろぺろと舐めてくる。

なんというおなごだ。この色技で金左衛門を虜《とりこ》にして、後妻の座をものにしたのだろう。

「ああ、お強いお武家様のお汁は、はじめてです」

「そうか」

矢十郎も花奈の汁を味わいたくなった。

矢十郎は床の上に、後妻を押し倒した。

「あんっ……」

たわわな乳房が重たげに揺れる。

花奈の寝巻をさらにはだけた。腰巻を取ると、下腹の陰りがあらわれる。なかなか濃い陰りであった。

その草叢《くさむら》に、矢十郎は顔面を押しつける。

顔面が発情したおなごの匂いに包まれる。

「ああ……」

ぐりぐりと顔面をこすりつけると、花奈が甘い喘《あえ》ぎを洩らす。

矢十郎は顔を引くと、草叢に指を入れて、割れ目をくつろげていく。

するとと漆黒の中から、真っ赤に発情した後妻の粘膜があらわれた。

それは予想以上に蜜《みつ》にまみれ、幾重にも連なった肉のひだひだが誘うように収縮していた。

「なんとそそる女陰だ」

「ああ、恥ずかしいです……」

とは言うものの、花奈は両手で恥部を隠すこともなく、行灯の明かりを消してほしいとも言わなかった。もしや、この蠢《うごめ》く女陰に自信があるのかもしれない。女陰もおなごの躰の一部だ。これが男を喜ばせるものだと自覚していれば、それを武器として使うのもありである。

実際、矢十郎は食い入るように、蠢く肉のひだひだを見つめている。じっと見ていると、なにかを入れたくなる。魔羅か。まだ、はやい。指か。いや、魔羅だ。

矢十郎は顔をあげるなり、股間で反り返る肉の刃をはやくも後妻の割れ目に向けた。

「ああ、もう……ですか」

「そなたの女陰が、はやくも所望しているようだと見たのだ」

「ああ、そんな……花奈はそんなはしたない……おな……」

ごではありません、と言う前に、矢十郎は肉の刃を突き刺していた。

六

「ああっ」

花奈の歓喜の声が響きわたる。

「主に聞こえるぞ」

さすがに花奈が両手でおのれの口を覆う。

矢十郎はぐぐっと魔羅を突き刺していく。花奈の女陰は燃えるように熱く、誘っていた肉のひだひだが、ぴたっと貼《は》りついてくる。

中はぬかるみだったが、締めつけはきつく、さすが悪徳札差の後妻に収まるだけのものは持っていた。

矢十郎は子宮《こつぼ》まで埋めこむと、動きを止めた。

「ああ、花奈の中……お強いお武家様の魔羅で、いっぱいです………」

「武士の魔羅は、はじめてか」

「お強いお武家様の魔羅は、はじめてです」

「そうか」

武士ははじめてではないようだ。強いかどうかは戦っているところを見ないとわからない。この平和な世の中では、武士が真剣勝負をするところなど、めったに見ることはない。

じっとしていると、ぴたっと貼りついた肉のひだひだが、動いてください、と言うかのように誘ってくる。

「ああ、矢十郎様……花奈をお泣かせください」

「主に聞こえたらどうする」

「大丈夫です……金左衛門が矢十郎様を首にするなどありえません。命の恩人なのですよ」

潤んだ瞳で矢十郎を見あげ、女陰で魔羅をくいくい締めつつ、花奈がそう言う。

「そうであるな」

確かに命の恩人であった。おなご辻斬りのことで頭がいっぱいだったが、用心棒として主の命を助けたのだ。

「そうか。では」

と、矢十郎は抜き挿しをはじめる。

「あっ」

すぐに、花奈が反応する。

矢十郎は遠慮なしに、後妻の女陰を突いていく。

「いい、いい、いいっ」

ひと突きごとに、花奈がよがり声をあげる。はやくも両手を口からはずし、顔の横に投げ出している。

腋の窪みがあらわだ。和毛が貼りついている。

矢十郎は抜き挿しをしつつ、前後に揺れている左右の乳房を鷲づかみにする。力強く揉みしだく。

「ああ、お乳もいいのっ」

花奈のよがり声も遠慮がない。

矢十郎は揉みしだきつつ、ずどんずどんと突いていく。肉のひだひだをえぐり取るように突いていく。

「あ、ああっ、も、もう……気を……やりそうですっ」

「はやいな」

「だってっ……おなご辻斬りと戦っているときから……花奈、あそこをじんじんさせていました……だから、ああ、はやくはないんです……あ、ああっ、気をやっていいですか、矢十郎様っ」

「まだだ」

「あんっ、そんな……」

花奈が泣きそうな顔になる。さらに魔羅を締めあげてくる。突きがちょっと鈍る。

「本手だけで、気をやってよいのか」

「いやです……ああ、うしろ取りでも……ああ、突いてくださるのですか」

「もちろんだ」

そう言うと、矢十郎は肉の刃を女陰から引き抜いた。

「あうっ」

引き抜く動きで、花奈は軽く気をやったような表情を浮かべる。

矢十郎の魔羅はさきほどは花奈の唾に染まっていたが、今は蜜で先端からつけ根までぬらぬらだった。乾く暇がない。

「裸になって尻を出せ」

と言うと、花奈ははだけたままの寝巻を脱ぎ、生まれたままの姿になると、床で四つん這いの形を取った。

「尻をあげろ」

はい、と後妻がむちっと熟れた双臀《そうでん》を、矢十郎に向けてさしあげる。

見ていると、なぜか張りたくなる尻たぼだ。藤乃の尻を思い出す。

もちろん、矢十郎は後妻の尻たぼを張った。ぱしっとよい音がした。

「はあっんっ」

花奈がよい声をあげる。

もっとぶって、と言うかのように、さらに双臀をさしあげる。矢十郎は後妻の期待に応《こた》える。

ぱしっ、ぱしっ、ぱしっ。

「あんっ、はんっ、あ、あんんっ」

尻たぼを張る音と花奈の泣き声が、屋敷に響く。使用人たちは耳をすませているだろう。主の金左衛門はどうだろう。案外、勃起させているかもしれぬ。

白い尻たぼに、矢十郎の手形が浮きあがる。ますますそそる双臀となっている。

「ああ、ください。肉の刃で……花奈をあの世に往《い》かせてください」

「よかろう」

矢十郎は尻たぼをつかむと、ぐっと開き、肉の刃をぶちこんでいく。

「あう、うう……うう……」

花奈の女陰はさらに熱くなり、さらにぬかるみとなっていた。

その穴を一気に奥まで貫くと、すぐさま、

「いいっ」

と、花奈が愉悦の声をあげる。もう遠慮がない。

矢十郎のほうも花奈の泣き声に煽《あお》られ、抜き挿しに力が入る。

ずどんずどんと突いていると、花奈の背中がぐぐっぐぐっと反ってくる。

「あああ、もう、気をやりそうですっ……ああ、いいですか……ああ、花奈、もう、気をやっても……ああ、あああっ、い、いくいくっ」

矢十郎のゆるしを得る前に、気をやってしまった。

華奢《きゃしゃ》な背中を弓なりにさせてがくがくと、つながった双臀を震わせる。あぶら汗が噴き出し、背中や尻たぼを湿らせていくと同時に、濃厚な汗の匂いが裸体全体から立ち昇りはじめた。

その匂いを嗅《か》いで、奥まで突き刺している魔羅がさらに太くなる。

「ああっ、またたくましく……なりました……ああ、矢十郎様っ」

気をやったばかりの花香が、首をねじって矢十郎を見あげた。その瞳は妖しく潤み、もっといかせてくださ い、と告げていた。

七

明くる日の夕刻。

高岡美月は道場を出て、権兵衛《ごんべえ》長屋に向かっていた。

今日は朝より曇っていて、日が暮れると、かなり暗くなっていた。そのせいか、往来に人通りが少ない。

ぱたっとひと気がなくなった刹那、木陰より黒合羽姿のおなごが姿を見せた。

おなごは般若の面をかぶっていた。

これは噂の世直し辻斬りではないのか。道場でも、般若の面で顔を隠しつつも、乳を出したあられもない姿で、世直し成敗と言って、悪徳商人を斬っているおなごのことは話題となっている。

門弟たちはみな、世直し辻斬りに好意的だった。幕閣において松平定信《まつだいらさだのぶ》派が一掃され、緊縮財政から積極財政へと代って江戸は賑《にぎ》やかになったように見えるが、享受しているのは、ごく限られた者たちで、江戸の民は不満を持っていた。

そこに、その不満を解消してくれる世直し辻斬りがあらわれたのだ。しかも、乳房まる出しで。江戸で話題にならないわけがない。今みな、この話しかしていない。


「世直し辻斬りですか」

と、美月は般若の面のおなごに問うた。まねているだけで、からかっているだけかもしれない。


「高岡美月様、お話があって参りました」

般若の面から、とてもすんだ声がした。


「私を高岡美月と知って参ったのですか」

「はい」

「話とはなんですか」

「ここでは話せません。落ちついたところで話せればと思います」

と言うなり、おなごがすらりと大刀を抜いた。峰に返す。

「なにを」

美月も腰から大刀を抜く。ふだんから腰に一本差すようになっていた。髪はもう髷《まげ》は結わず、背中に流して根元を結んでいるだけにしている。かなり目立つが、これが今の美月の生きかただった。

「しばらく眠っていただきます」

そう言うと、般若のおなごが斬りかかってきた。すぐに、かなりの遣い手だとわかった。これは真《まこと》に、おなご辻斬りだと思った。

正面でおなご辻斬りの峰を受けた。おなご辻斬りは、すぐさま肩を狙ってきた。すばやい太刀捌きに、美月は感嘆しつつ、それを受け、弾き返す。

いきなり、うなじを打たれた。

背後にもいたのか。

「卑怯《ひきよう》、なり……」

振り返ると、同じく般若の面をかぶったおなごがいた。肩をたたかれ、美月は崩れていった。

同じころ、早翔は旦那のなりをした家斉と江戸市中に出ていた。

どうしてもおなご辻斬りを見たいと言われ、家斉が城を出る手引きをした。

――おなご辻斬りに出会えることは、めったにないですよ。

と諭したが、それでも構わぬと市中に出ていた。

それゆえ、美月についていなかった。


目を覚ますと、天井が見えた。

美月はすばやく起きあがり、大刀を探した。が、そばになかった。

十畳ほどの居間だろうか。正面にふたりのおなごが座していた。いずれも般若の面をつけ、黒合羽を着たままだ。

ふたりのわきには鞘ごと大刀が置かれていた。

襖が開き、男が入ってきた。般若の面のおなごたちが頭を下げる。

男は着流しだったが、おなご同様、般若の面をつけていた。腰に一本差している。それを鞘ごと腰から抜くと、おなごたちが左右にずれた。

空いた真正面に座した。

「私は世直し辻斬りの頭《かしら》である。高岡美月どの、そなたに仲間になってほしくてここまでご足労ねがった」

「背後から峰打ちして、ご足労もないですね」

「それは申し訳ないと思っている。ほかに手段がなくてな」

と言って、男が頭を下げた。

「私は人殺しの仲間になるつもりはありません」

と、美月は言った。

「人殺しではない、世直しだ。実際、今、江戸市中では世直し辻斬りの話題でもちきりであろう。そして、ほとんどの者が喝采《かっさい》を送っている」

「そうでしょうか」

「そうであろう。道場の門弟たちも辻斬りに賛同しているだろう」

「それは……」

「美月どのは賛同しないのか」

「確かに、不当に大金を懐に入れている者はいます。それはゆるせません」

「そうであろう」

「しかし、それゆえ成敗と言って斬ってよいとは思いません」

「世の乱れを正すには犠牲はつきものだ。きれいごとだけでは世は変わらない」

「なにゆえ、乳を出しているのですか」

と、美月は問うた。

頭は左右に座すおなごたちを見て、うなずいた。

するとおなごたちが自らの手で黒合羽を脱いだ。頭の左右に、たわわな乳房があらわれた。右のおなごの乳房の乳首の横に色っぽいほくろがあった。読売に取りあげられたおなごだ。

左のおなごの乳房の乳首の横には、うっすらと傷があった。

「刀傷……」

「用心棒がなかなかの遣い手でした。乳に傷をつけられて動揺してしまい、不覚にもとどめを刺すことができませんでした」

もしかして、その用心棒は権堂矢十郎かもしれないと、美月は思った。札差の用心棒をやっていて、ずっと泊まりこんでいると聞いている。

それゆえ、夜ごと隣から聞こえていた藤乃のよがり声が聞こえなくなり、権兵衛長屋は静かな夜を過ごしていた。

「美月どのの剣の腕の評判は私の耳にも届いている。おととい、道場で見させていただいた」

「来ていたのですね」

「はい。見事な竹刀捌きに感服しました。ぜひとも、世直し辻斬りに加わっていい

「そのようなことは思っていません。私も金がものを言う乱れた世を憂いていま
す」

「では、金、金、金のこの世の中でよいと思っていらっしゃるのですか」

「お断りします」

ただきたい」


「それなら、ぜひ」

この乱れた世になっているのは、老中首座が水野忠成に代わってからだ。

しかし今、美月は水野忠成から、いや上様から陰働きを命じられている身だ。

この世に反旗を翻す立場にはない。

「乳を出している理由をうかがっていません」

「それは話題になるからです。いくら世直し辻斬りをやっても、江戸の民の話題
にならなければ意味がありません。やはり、おなごの乳は素晴らしい。あらわに
させて、大刀を振るだけで江戸中の評判となる。男はそうはいきません」

頭が般若の面越しに、胸もとを見ている気がした。

「ひとつだけ確かめさせていただきたいことがあります」

「確かめる……」

「はい」

頭がうなずくと、左右のおなごが鞘を持ち、すらりと大刀を抜いた。ひとりは美月の顔に切っ先を突きつけ、ひとりは帯に切っ先を向けている。

ふたりの乳房が迫り、同じおなごだが、その豊満さに心が乱れる。

「乳房を確かめたいのです」

「だから、私は仲間になどなる気はありませんっ。万が一、仲間になったとしても、乳を出して大刀を振るなどありえませんっ」

美月がそう言っている間に、帯が切られた。左手のおなごが小袖の前をはだけてくる。

切っ先を顔に突きつけられていることもあったが、美月は動けなかった。おなごふたりは乳房を出しているのだ。自分だけ拒みづらかった。

肌襦袢《はだジュバン》の前もはだけられ、乳房があらわになった。

「これはこれは」

と、頭が感嘆の声をあげる。

美月の乳房はふたりの乳房に負けず劣らぬ巨乳である。ほくろがあるおなご同様、見事なお椀形をしている。

「素晴らしい乳を持っていらっしゃる。これまた江戸中の評判になるでしょう」

「だから、私は世直し辻斬りはやりません」

「考えておいてください。きっと美月様なら、御前様のお考えに賛同なさるはずです」

「御前様……」

三月《みつき》前、江戸中からオットセイの睾丸《こうがん》が消えてなくなる事件があった。あれを主導したのは、御前様と呼ばれる者であった。

またも御前様か……。

「では、またお会いしましょう」

と、頭が言うなり、左右から美月は肩に峰打ちを食らった。

第二章　大黒屋《だいこくや》の奉公娘

一

豊島隆之介は荷積みの仕事を終えて、帰途についていた。

矢十郎からは用心棒の仕事を勧められていた。江戸を騒がせている世直し辻斬《つじぎ》りの出現で、用心棒は引く手あまたらしい。

が、その用心棒は悪徳商人を守る側だ。融通を利かせろと矢十郎には言われるが、どうしても性に合っていない。

仲間と荷積みの仕事で汗をかくほうが性に合っている。

藩主の慰み者になろうとしていた許婚《いいなずけ》の美月とともに脱藩し、江戸に来て、もう半年になる。

隆之介が望んでいる仕官の道はなく、この三カ月の間、上様よりの陰働きの下知もなかった。

世直し辻斬り。これは老中首座、水野忠成の政《まつりごと》を批判するものだ。日傭取《ひようとり》の仲間もみな、口をそろえて世直し辻斬りに喝采《かっさい》を送っている。これほどまでに水野忠成が、江戸の民の評判が悪いとは思わなかった。

水野忠成の下につく者としては、複雑だった。

隆之介自身も、仲間と同じ考えである。しかし、それでは水野忠成の政を批判することとなる。それは、上様の政を非難するのと同じことだ。

「いや、やめてください」

往来を歩いていると、左手から娘のいやがる声がした。立ちどまり、見ると、廃寺の境内でひとりの娘を四人の男たちが囲んでいた。

男たちは武士であった。派手な着物姿である。恐らく旗本奴《はたもとやっこ》の類《たぐい》であろう。

定信派の老中首座が政をやっているときはなりを潜めていたが、また賄賂《わいろ》政治がはびこる時世となって、姿を見せるようになった。

たいてい武士の次男三男で、家では厄介者扱いされている。その憂さを町中で晴らしているのだ。

「やめてくださいっ」

娘が男たちの輪から逃げる。わざと逃がしているのだ。あわてて駆け出し、あっ、ところぶ。

すると男たちが、わははと笑う。酔っているようだ。娘は立ちあがろうとしたが、またすぐに倒れる。

小袖《こそで》の裾《すそ》がたくしあがり、ふくらはぎがあらわになった。白くてやわらかそうな肌がなまめかしい。

男たちが笑うのをやめた。見ると、ぎらついた目で娘のふくらはぎを見ている。

娘が立ちあがった。山門の下に立つ隆之介に気づき、

「お武家様っ、お助けくださいっ」

と、駆け出す。

が、あせっているのか、また足をもつれさせて倒れてしまう。

さらに足があらわになる。すらりとしたそそる足をしていたが、それがいけなかった。男たちの劣情に火を点《つ》けたようで、娘に迫っていく。ひとりの男がふくらはぎをつかんだ。

「いやっ」

ほかの男たちも娘に手を伸ばし、立ちあがらせると、帯を解《ほど》いていく。

「いやっ、お武家様っ」

と、娘がすがるような目を隆之介に向けている。

お武家様。そうか。俺はまだお武家様なのだ。日傭取をやっているが、仕事の行きと帰りには腰に一本差している。

「俺たちもお武家様だぞ、おなご」

男たちが笑い、小袖の前をはだけ、さらに肌襦袢《はだジュバン》の前もはだけていく。

娘の乳房がこぼれ出た。それは意外と豊満であった。

「ほう、これは上物ではないか」

男たちの手がいっせいに、あらわになったふたつのふくらみに伸びる。

「いやっ、お武家様っ」

お助けください、と隆之介をすがるように見つめている。

娘は愛らしい顔をしている。それが恐怖で歪《ゆが》んでいる。そんな表情も、また男たちを喜ばせているのだろう。

たわわなふたつのふくらみが、男たちの手で揉《も》みくちゃにされている。

隆之介は近寄っていった。

「四人がかりで娘をいたぶるとは、恥ずかしくないのか」

と、隆之介は声をかけた。

「おまえも、いっしょに揉まないか。よい乳をしているぞ」

四人の中ではいちばん年嵩《としかさ》の男がそう言う。

「腰に二本差している身で娘をいたぶって、恥ずかしくないのか」

「お武家様と言われて粋《いき》がるなよ。ずいぶん着物が汚れているじゃないか。日傭取でもやっていたか」

娘の乳房を揉みしだきつつ、四人がからかうように笑う。

「そうだ。日傭取だっ」

「ほう、当たったのか。日傭取がお武家様、お助けください、と言われて粋がっているのか」

年嵩の男に言われ、隆之介は柄にもなく頭に血が昇った。すらりと大刀《だいとう》を抜く。

「ほう、やるのかい」

ふたりの男が乳房から手を放し、腰から大刀を抜いた。ほかのふたりで娘を羽交い締めにしている。

「娘を放せ」

「俺たちを倒したら、娘を好きにしていいぜ」

そう言って、年嵩の男が真剣を振りかざした。

隆之介は峰に返した。斬るつもりはない。懲らしめるだけだ。

「峰打ちとは舐《な》めたまねをするじゃないか」

と、年嵩の男が袈裟《けさ》懸《が》けを見舞ってきた。最初に大刀を向けてきただけあって、なかなか鋭い袈裟懸けだった。

が、酔った男の大刀など、隆之介の相手ではなかった。袈裟懸けを弾《はじ》き返すなり、がら空きの胴を峰で払った。

「ううっ」

年嵩の男の躰《からだ》が硬直した。がくっと膝《ひざ》から崩れる。

「立花《たちばな》どのっ」

と、ほかの三人が驚きの声をあげる。やはり、こやつが四人の中ではいちばんの遣い手のようであった。

崩れた男のうなじを峰で打つと、顔面から地面に突っ伏した。

「お武家様っ」

娘の瞳が輝く。隆之介を尊敬の目で見つめている。

「こやつっ」

と、もうひとりの男が大刀を上段に構え、斬りかかってきた。

隆之介は顔面の手前で刃《やいば》を受けると、弾き返した。男がわずかによろめいた。その隙《すき》をついて、一気に袈裟懸けを見舞った。

「ぎゃあっ」

肩が砕ける鈍い音とともに、男の躰が硬直した。そのまま、背後に倒れていく。

「ああ、真島《まじま》どのまで……」

「さあ、娘を放すか、こやつらのようになるか、どっちを選ぶ」

隆之介は娘を羽交い締めにしている男たちに向かって、大刀の切っ先を突きつけた。すると、ひいっ、と声をあげて、ふたりの男は娘を隆之介に向けて突き飛ばし、駆け出した。

娘がそのまま抱きついてきた。

「お武家様っ」

胸もとに愛らしい顔をこすりつける。

隆之介は大刀を鞘《さや》に収めると、

「大事ないか」

と、背中をさすった。

をしたくなる。

「ああ、ありがとうございました」

娘が隆之介を見あげている。なんとも愛らしい娘だ。思わず、このまま口吸いをしたくなる。

もちろん、しない。俺は矢十郎ではない。

「お武家様にお助けいただかなかったら、今ごろ、あたい……」

隆之介を見あげる瞳から、ひとすじ涙の雫《しずく》が流れる。

隆之介は思わず、その雫を指先で拭《ぬぐ》った。そのまま娘の唇をなぞる。

なにをしているのだ。お武家様、と言われ、昂《たかぶ》っているのか。

「お強いですね……ああ、ありがとうございました」

唇をなぞられても、娘はそのままにしている。むしろ、口吸いされたがっているように見える。いや、そう見えるだけだ。

「なにか、お礼を……」

「いや、礼など……いら……」

ぬ、と言う前に、右手をつかまれ、剝《む》き出しのままの乳房に導かれていた。

不意をつかれた隆之介は、そのまま乳房に手を置いていた。

不覚にもそのままつかんでしまう。娘は若く、豊満な乳房は弾力に満ちていた。

勢いのまま、ぐぐっと揉みこむと、中から弾き返してくる。それをまた、揉みこんでいく。

美月の乳房とはまた違った揉み心地に、隆之介は昂る。

「ああ、お武家様……」

娘が甘い喘《あえ》ぎを洩《も》らす。

その声で、隆之介は我に返る。あわてて乳房より手を引く。

「ああ、お気に召さなかったですか」

と、娘が悲しい表情になる。

「そのようなことはないぞ」

「それなら、もっと……」

娘を悲しませてはならぬ、と隆之介は、ふたたび娘のたわわな乳房をつかみ、揉みしだいていく。

「はあっ、ああ……」

娘の喘ぎ声が大きくなる。

「ああ、真由《まゆ》と申します」

と、娘が名乗った。

「真由さんか」

と言いつつ、もう片方の乳房もつかむ。左右のふくらみを同時に揉んだ。

「はあっ、ああ……お武家様の名は。教えてください」

「豊島だ。豊島隆之介である」

と、乳房を揉みしだきつつ、名乗っていた。

本来であれば、名乗ることはない。乳房から即座に手を引き、去るのが隆之介だ。が、なぜか娘に名乗っていた。

「ああ、豊島様、ありがとうございました」

娘はじっと乳を揉みつづける隆之介を見つめていた。

二

同じころ、おなご辻斬りがあらわれていた。

「高利貸し、並木屋多平《なみきやたへい》、成敗いたすっ」

乳首の横にほくろのあるたわわな乳房を弾ませ、おなご辻斬りが並木屋多平に斬りかかる。その前に用心棒が立ちはだかったが、おなご辻斬りは難なく袈裟懸けで倒し、失禁している並木屋多平も斬り捨てた。

提灯《ちょうちん》を落とし、腰を抜かしている御付《おつき》の小僧に向かい、

「おまえが見たこと聞いたことすべて、まわりに話すのだ。よいな」

と言った。

「へ、へい……」

小僧は腰を抜かしつつも、弾む乳房を目の当たりにして、射精させていた。

おなご辻斬りは血ぶるいをして大刀を鞘に戻すと、黒合羽《くろガッパ》を羽織った。

そして木陰へと消えるなり、駆け出した。すぐそばに駕籠《かご》が一丁あり、おなごはすばやく中に入った。

駕籠は近くの船着場で止まった。

掘割に猪牙船《ちょきぶね》が止まっていた。着流しの男とおなごが乗っていた。そこに黒合羽を羽織ったおなごが乗りこんでいく。般若《はんにゃ》の面は取っていた。月明かりを受けたその顔は、なんとも美しかった。

着流しの男が棹《さお》を差し、滑るように猪牙船が離れていく。

大川に向かって進んでいく。

「並木屋多平、成敗しました」

と、おなごが言った。

「うむ。よくやった、夏鈴《かりん》」

着流しの男は棹をもうひとりのおなごに譲ると、夏鈴と呼んだ辻斬りに迫った。

黒合羽を剝《は》ぐ。たわわな乳房があらわれた。乳首はつんとしこっている。

それを男が摘まみ、ひねった。

「ああっ、お頭《かしら》っ」

夏鈴の上体が震える。

お頭と呼ばれた男が左右の乳首をひねりつつ、夏鈴の口を吸った。

「ううっ」

夏鈴は舌をからめていく。息が荒い。貪《むさぼ》るような口吸いとなる。

夏鈴は人を斬ったことで、異常な昂りを覚えていた。世直し辻斬りのあとは、いつもこうだ。世直しのためとはいえ、人を斬ることにはためらいがあったが、この異常な興奮を知った今は、中毒になりそうである。

乳首をひねられただけで気をやりそうだ。あそこはもうどろどろである。

お頭が口を引いた。すぐさま、乳房に顔を埋《うず》めてくる。乳首を口に含むと、強く吸ってくる。

「ああ、お頭……」

躰が熱い。手の先から足の先までとろけていく。

夏鈴は白河《しらかわ》藩士の娘だった。長男がやっとうをやっているのを見て自分もやってみたくなり、女だてらに道場に通った。長男より剣客としてのすじはよく、頭角をあらわしていたが、おなごの身で剣の腕がよいことはなんの足しにもならず、悶々《もんもん》としていたときに、頭の荒谷《あらや》源一郎《げんいちろう》に声をかけられたのだ。

——江戸で世直しの手伝いをしてくれないか。おまえの剣の腕が役に立つときが来たのだ。

と言われ、夏鈴は引きうけた。

そのとき、なぜか乳房を見せるように言われた。源一郎は私の躰を狙《ねら》っているのかと思ったが、剣の腕を役に立てたい一心で、望まれるまま乳房を見せた。

おのれの乳房が男から見てどうなのか、想像すらしていなかったが、

——素晴らしい乳だ。

と、源一郎に褒められ、おのれの乳は男を魅了することを知った。

そして源一郎と、一対一であらためて剣の修行をしつつ、江戸に向かったのだ。

源一郎と肉の関係を持ったのは、全裸で滝に打たれながら剣の修行をしているときだった。

源一郎も夏鈴も生まれたままの姿で滝に打たれ、そして生まれたままの姿で真剣を合わせた。ちょっとでも間違いが起これば、お互いの肌に刀傷がついた。

源一郎が寸止めで五度勝った。源一郎の腕は凄《すさ》まじく、腕自慢の夏鈴でもまったく敵《かな》わなかった。

乳首の直前で寸止めした源一郎が、

「かなり腕があがったな。世直し辻斬り解禁だな」

と言ったときは、涙が出た。

そのとき、源一郎の魔羅《まら》は天を向いていた。そのまま夏鈴の裸体を抱きよせ、滝のそばの河原で、いきなり突いてきたのだ。

夏鈴は生娘《きむすめ》だった。愛撫《あいぶ》もなしに、いきなり生娘の花びらを散らされた。

痛みは走ったが、思ったほどではなかった。それは濡らしていたからだと、あとで知った。源一郎との真剣勝負で寸止めを食らいながら、濡らしていたのだ。

たくましい肉の刃で塞がれたとき、夏鈴は一生、源一郎についていくと誓った。

この身を一生捧げると誓った。

何度か突いたあと、魔羅を抜くと、あちこちに鮮血がにじんでいた。それだけではなく、蜜《みつ》でぬらついてもいた。

「濡らしていたな」

と言われて、はじめて気づいたのだ。

「なにもされていないのに……」

「そのようなことはないぞ。大刀と大刀で会話をしていたではないか。いや、前戯と言ってもよいかもしれぬな」

「大刀と大刀で、前戯……」

夏鈴はその場に片膝をついた。それはごく自然な行動だった。おのが蜜と鮮血にまみれた魔羅に唇を寄せていった。

「清めさせていただきます。夏鈴をおなごにしてくださった感謝をこめて」

と言うと、唇を開き、いきなり鎌首《かまくび》を咥《くわ》えた。蜜にまみれた魔羅は不思議な味がした。けれどなぜか、もっと吸いたくなった。だから、吸った。

すると、ううっ、と源一郎がうなった。

はじめは痛いのかと思ったが、先端を咥えたまま見あげると、源一郎は今まで見たことのない愉悦の表情を浮かべていた。

その顔を見て、夏鈴は一気に根元まで咥えていったのだ。

「おう……」

源一郎はうなり、腰を震わせた。

私が源一郎様を気持ちよくさせている。剣しか知らないつまらない私が、おなごとして源一郎様を喜ばせている。

そのことに、夏鈴は昂った。だから一所懸命、魔羅を吸った。

すると、魔羅を口から抜き、

「そこに這《は》え」

と、河原を指さされた。夏鈴は言われるまま、河原で四つん這いの形を取った。

たまらなく屈辱的で、たまらなく恥ずかしかったが、逆らう選択肢はなかった。

「よい尻だ。よい躰だ。乳も肌も素晴らしい」

尻たぼを撫《な》でながら、源一郎がそう言った。

「ありがとうございます」

剣の腕以外で褒められることが、なによりうれしかった。

尻から突き刺された。またも痛みが走ったが、

「ああっ」

と、夏鈴は甘い喘ぎを洩らしていた。

それがおのれの声だとは信じられなかった。

源一郎はぐいぐい突いてきた。激痛が走った。でも、その痛みが心地よかった。

私の中に源一郎様が入っている。源一郎様を私の躰が喜ばせている。

「ああ、ああっ」

「よい声だ、夏鈴っ」

「源一郎様っ」

生まれてはじめて子宮《こつぼ》に精汁を受けて、夏鈴は気を失っていた。

三

「ああ、源一郎様」

源一郎に乳首を吸われつつ、夏鈴は火の息を吐く。

視線を強く感じる。麗乃《れの》だ。悋気《りんき》のこもった目で、お頭の乳首吸いに泣く夏鈴を見ている。

目が合う。どちらも目をそらさない。

麗乃はこの前、世直し辻斬りをしくじっていた。乳首の横に、用心棒に刀傷をつけられて戻ってきた。

とうぜん、ご褒美のまぐわいはなしだ。

麗乃は源一郎が小田原《おだわら》宿で見つけてきたおなごの剣客だ。小田原あたりでは、美人の凄腕《すごうで》と知られていたらしい。それを耳にして、源一郎が小田原まで出向き、世直し辻斬りに誘ったのだ。

麗乃も源一郎とはまぐわっている。しかも生娘ではなく、床上手であった。夏鈴より躰は開発されていて、それゆえ世直し辻斬りのあとの燃えようは凄まじかった。

だから、この前のしくじりはいろんな意味で麗乃にとって大きかった。

「麗乃、なにをしている。もっとはやく漕《こ》がないか」

「はい……」

麗乃の声がかすれている。お頭に乳を吸われ、感じている夏鈴を見て、麗乃も躰を火照らせているのだ。

猪牙船が大川《おおかわ》に出た。この刻限、行き交う船はほとんどない。

大川に出るなり、脱げ、と源一郎が言った。

夏鈴は下半身を包んでいる黒い野袴《のばかま》を下げていく。すると、いきなり下腹の割れ目があらわれる。

黒い野袴の下には、なにも身につけていない。動きがわずかでも鈍るのを嫌っていた。それだけではない。下腹の陰りも剃《そ》っていた。腋《わき》の和毛《にこげ》も剃っている。

割れ目が月明かりを受けて、浮きあがる。

「きれいな割れ目だ」

見るたびに、源一郎は褒めてくれる。

夏鈴の割れ目には、お頭の魔羅しか入っていない。これからも一生、お頭の魔羅しか入ることはないだろう。

源一郎が夏鈴の足下に膝をついた。そして、剝き出しの割れ目を開いていく。

あらわになった花びらに月明かりが当たる。

「どろどろだな」

「はい……」

「いつからだ」

「並木屋を斬ったときに、どろりと……出ました」

「そうか。世直し辻斬りらしくなってきたな。よいことだ。もっと濡らすのだ、夏鈴」

そう言うと、源一郎がおさねに吸いついてきた。

「ああっ、お頭……」

躰が痺《しび》れる。夏鈴は瞳を閉じ、がくがくと下半身を震わせる。

強い視線を感じて、目を開く。棹を持つ麗乃がにらんでいる。が、その目は潤んでいる。

「ああっ、はあんっ」

夏鈴は麗乃を見つめつつ、甘い声をあげる。大川にはほかに人はいない。江戸を独り占めしたような気になり、遠慮なく喜びの声をあげる。

源一郎が立ちあがった。夏鈴はすぐに船床に膝をつき、帯に手をかける。解くと、前がはだける。すぐさま下帯も取ると、弾けるように魔羅があらわれた。

勢いよくあらわれた魔羅の先端が、夏鈴の小鼻をたたく。

「あんっ……」

夏鈴は甘い声をあげる。小鼻をたたくほど、お頭も昂っているのだ。それがなによりうれしい。

夏鈴は唇を大きく開くと、ぱくっと先端を咥えた。

「うう……」

源一郎がうなる。夏鈴はそのまま根元まで咥えていく。お頭の魔羅を、おのれの唾《つば》まみれにするのだ。

「うん、うんっ」

悩ましい吐息を洩らしつつ、源一郎の魔羅を貪り食う。窪《くぼ》んだ頰《ほお》に、麗乃の視線が突き刺さる。

辻斬りをしくじるからよ、麗乃。

しかし麗乃がしくじるとは、相手の用心棒はかなりの遣い手だと思った。麗乃は源一郎が誘っただけのことはあり、かなり腕が立つ。夏鈴とは互角だ。稽古《けいこ》では、いつもお互いに向けて寸止めの連続であった。

「這え、夏鈴」

と、源一郎が命じる。這え、と言われると、さらに女陰《ほと》がうずく。

「はい、お頭」

と言うと、夏鈴は猪牙船の船底に両手をついた。

「あちらを見て、這え」

と、源一郎が棹を差している麗乃のほうに指を向ける。

「はい、お頭……」

夏鈴は麗乃に顔を向ける形で、四つん這いになる。尻を源一郎にさしあげつつ、麗乃を見あげる。

源一郎が尻たぼをつかみ、ぐっとひろげる。

「参るぞ」

「はい、お頭」

女陰がざわつく。鎌首がめりこんできた。

一気に貫かれる。

「ひいっ」

夏鈴は叫んでいた。叫ばずにはいられなかった。

源一郎はずどんずどんと突いてくる。一撃ごとに脳天まで歓喜の火花が弾ける。

「いい、いい、いいっ」

夏鈴はよがり顔を麗乃にさらしていた。麗乃の嫉妬《しっと》の視線を浴びながら、お頭に突かれるのは極上だ。

四

今宵《こよい》も静かな夜だ。

薄い壁を隔てた隣に住む矢十郎は、今宵も用心棒先に泊まりのようだ。

夜ごとまぐわっていただけに、藤乃は寂しいだろう。

寂しいのは美月も同じかもしれぬ。こうして隆之介と枕を並べて寝ているが、手さえ握っていないのだから。

目を閉じると、真由の愛らしい顔が浮かぶ。

――お強い、お武家様。お助けいただき、ありがとうございました。

剣の腕が役に立ち、隆之介はうれしかった。乳房の感触も鮮明に蘇《よみがえ》ってくる。

もう何度、思い出しているだろうか。あの弾力に満ちあふれた揉み心地。

隣で許婚が寝ているというのに、なんて不謹慎なことを思っているのか。

わしは邪《よこしま》な男だ。

「昨日、世直し辻斬りの頭と会いました」

「なにっ」

いきなり美月が衝撃的なことを口にして、隆之介は大声をあげてしまう。

「頭に世直し辻斬りの仲間にならないかと誘われました」

「頭の顔は見たのか」

「般若の面をつけていました」

「真《まこと》に辻斬りの頭なのか」

隆之介は起きあがり、横になったままの美月を見つめる。腰高障子の穴から月明かりがいくつも射《さ》しこみ、美月の凜《りん》とした美貌《びぼう》を浮きあがらせている。美月は瞳を閉じたまま話している。

「般若の面をつけたおなごが、ふたりその場にいました」

「それだけでは、真の辻斬りかわからないだろう」

「ふたりとも、豊かで美しい乳房をしていました。ひとりは乳首の横にほくろがあり、もうひとりは乳首の横に刀傷がありました」

「刀傷……」

迎えうった用心棒が刀傷をつけたと評判になっていた。

「なにより、ふたりともかなりの遣い手でした。あれだけ豊満で美しい乳を持ち、しかも剣の遣い手であるおなごは江戸中探しても、めったにいません」

「そうであるな。だから、美月どのも誘われたのであろう」

「乳房を吟味されました」

美月の頬が赤く染まる。

「なんとっ。それで」

「それだけです。よき乳だと褒められました」

「見ただけなのか」

「はい……」

「それで、どう返答したのだ」

「もちろん、人殺しに加担する気はありません、と断りました」

「そうか。しかし世直しの考えには、心が動いたのではないのか」

と、隆之介は問うた。そこで、美月が瞳を開いた。

真摯《しんし》な光を帯びた眼差《まなざ》しに、隆之介ははっとなる。真由の乳房を揉んだことも見透かされているような気がして、隆之介は思わず目をそらした。

「動きません。私は今、上様より下知を受けて陰働きをしている身です。上様の治世を批判する考えなど……賛同できません」

「そうか。そうであるよな」

恐らく美月の本心ではあるまいと、隆之介は思った。

美月を見守るために、今も屋根裏にお庭番の早翔《はやと》が潜んでいるかもしれぬ、と思って、そう言ったのだろう。

実際、早翔は屋根裏にいた。べたっと這いつくばっていた。そして、美月の話をはっきりと耳にしていた。

世直し辻斬りの頭と会っただとっ。

昨日と言っていた。昨日は、上様に頼まれて、市中にお連れしたのだ。とうぜん早翔はつきっきりで、世直し辻斬りに遭遇するのを待ったが、一時《いっとき》ほど市中をさまよって、千代田《ちよだ》の城に戻っていた。

早翔がついていないときに限って、頭があらわれるとは。しかも、美月の乳房まで吟味しているという。

すぐに、上様にお伝えしないと。

さらに一時ほど天井裏に忍び、もう隆之介が間違って美月に手を出すことはないだろうと確信すると、裏長屋を出た。

五

翌日、隆之介は荷積みの仕事に汗を流していた。昼時となり、休憩となった。

仲間と近くの一膳飯屋《いちぜんめしや》にでも行こうかと話していると、真由が姿を見せた。

「お昼ご飯、お持ちしました」

真由は大きな風呂敷《ふろしき》をふたつ手にしていた。

「真由さん」

「知り合いですかい」

と、四郎《しろう》が聞く。

「まあな。昨日、知り合ったばかりだ」

農家の四男坊で、口減らしで江戸に出ていた。

「みなさん、お腹《なか》すいたでしょう。みなさんのぶんもありますから」

と、真由が仕事仲間にも笑顔を見せる。

「なんだい。豊島様のいい人かい」

と、五郎《ごろう》が言う。五郎も四郎同様、口減らしで江戸に来ている。

「違いますよ。そんなんじゃありません」

車座となった男たちの前で、真由が風呂敷をひろげ、お重の蓋《ふた》を取る。

「ほう、豪勢だな」

と、岡林健作《おかばやしけんさく》が声をあげる。健作は隆之介と同じ浪人であった。この三人が、隆之介にとって気の置けない仲間となっている。

「どうして、ここがわかったのだ」

と、隆之介は真由に問うた。この場は教えていない。

「朝、あの廃寺のそばで豊島様をお見かけしたのですけど、急いでいらしたようで、声をかけられなくて、それでつけてしまいました」

と言って、真由が舌を出す。

なんと、つけられていたというのか。寝坊してしまい、急いでいたとはいえ、娘の気配に気づかなかったとは……なんたる不覚……。

「今日は休みをいただいていて、それでお礼にお昼をと思って作ったんです」

おにぎりと卵焼き、そして沢庵《たくあん》が詰めこまれていた。

「どこに奉公しているんだい」

と、健作が聞く。いただくぜ、と言って、おにぎりを手にすると頬張る。

「おう、うまいぞ」

健作が褒めると、真由はうれしそうな笑顔を見せる。

隆之介もおにぎりを手にして頬張る。うまい。

「うまいぞ。四郎、五郎、おまえたちもいただかせてもらえ」

「いいんですかい。では」

と、四郎と五郎もおにぎりに手を伸ばし、頬張る。

「ああ、うめえ」

と、笑顔を見せる。

「大黒屋《だいこくや》に奉公しています」

と、真由が答えた。

みなの笑顔が一瞬、強張《こわば》る。大黒屋は悪徳金貸しで有名だった。

「そうかい。大黒屋かい。世直し辻斬りに狙われそうだな。大変だ」

と、健作が言う。

「旦那《だんな》様はそんなお人ではないんです。確かに、新しく老中様が代わられてから、羽振りがよくなりました。でもそれは、一所懸命、商売に励んでおられるだけです。それに、あたいもよくしていただいています」

「まあ、そうだな。こうして休みをもらえているわけだからな。そのおかげで、うまい握り飯を食べられると」

と、健作が卵焼きに手を伸ばす。

「ああ、これもうまいぞ」

隆之介も卵焼きを口に運ぶ。真由がじっと隆之介を見ている。うまい、と言うと、笑顔を見せる。

「なんの礼なんだ」

と、健作が聞く。

「おととい、旗本奴にからまれて、乳を揉まれているところを、豊島様に助けていただいて……豊島様が助けてくださらなかったら、あたい、今ごろ大川に飛びこんでいました」

「そんな、めったなこと、言うもんじゃないぜ」

と、健作が言う。

「さすが、豊島様ですね」

と、四郎と五郎が感心の目を隆之介に向ける。

「相手は何人だ」

「四人です。四人にお乳を……」

想像したのか、四郎と五郎がごくりと生唾を飲む。

「そうかい。四人の旗本かい。それは腕に自信がないと無理だな。わしなどへっぽこ浪人だから、助けようにも無理であったな」

わははは、と豪快に笑い、沢庵をぼりぼりと噛《か》む。

「用心棒は雇っているのかい」

「それがまだ……なかなか腕が立つ御方がいなくて……」

と言って、真由がすがるように隆之介を見つめる。

「そうだ。豊島どのを雇えばよいではないか。腕は確かだ」

と、健作が言う。三つ目の握り飯を食べる。

「そうですね」

と、四郎と五郎も賛同する。

「どうなんだい、豊島どの」

「わしは用心棒はやらぬ……それに大黒屋は……悪名が高い……」

「そんな旦那様ではないんです」

真由の瞳に涙がにじみはじめる。

「おい、こんなかわいい娘を泣かせてはいかんぞ、豊島どの」

「しかし……」

「おねがいします。旦那様をお守りください」

と、真由が頭を下げる。

「しかし……」

隆之介は困ったことになったと思った。

六

昼の稽古を終えて、美月は井戸端に来ていた。諸肌《もろはだ》を脱ぎ、井戸から水をくみあげる。そして手ぬぐいを濡らすとしぼり、右腕をあげて、二の腕から腕のくぼにかけての汗を拭う。

するとで、腋のくぼみに強烈な視線を感じた。

「誰っ」

と、視線を感じたほうを見ると、水野忠成の側用人《そばようにん》が姿を見せた。

「成川《なりかわ》様……」

美月はあわてて右腕を下げた。

「邪魔をして悪いな。そのまま、つづけてくれ」

こちらに近寄りながら、成川がそう言う。

思えば三月《みつき》前も、こうして稽古の汗を拭っているときに、成川は姿を見せた。

美月は諸肌脱ぎをやめようと、稽古着の袖に腕を通そうとする。

「そのままでよいのだぞ」

と言いつつ、さらに寄ってくる。

剝き出しの肌に成川の強い視線を感じて、美月は袖に腕を通そうとする。

すると、

「そのままでよいと言っているであろうっ」

と、成川が言った。その迫力に、美月は思わず、

「はっ」

と、返事をして、袖に腕を通すのをやめた。

前回もそうだった。成川に命じられ、思わず従った。成川は老中首座の側用人であるが、とても人に命じなれているように感じた。

「さあ、わしに構わず、汗を拭ってくれ」

美月は左腕をあげた。すると、腋のくぼみに露骨な視線を感じた。下げたかっ

たが、そのまま腋の下をさらしつつ汗を拭っていく。

そんな美月を成川はじっと見つめている。

普通なら、嫌悪感を覚えるだろう。が、成川の場合は違っていた。なぜなのか。品があるからだ。それは生来の品のようなものである。例えるなら、長峰藩主、彦一郎と同じ匂いがした。

並の武士が醸し出せる品ではない気がした。

「今日は、どのような御用でしょうか」

晒《さらし》からはみ出ている乳房のふくらみの汗を拭いつつ、美月は問うた。こちらから問わないと、成川にただただ見られているだけになりそうだったからだ。

「そうであったな。用があって、参ったのだ」

前回もそうだった。前回も、美月が諸肌脱ぎで汗を拭っているときに、ひとりであらわれた。そして、ずっとふたりきりだった。もしや、人払いをさせているのか。いったい誰に。早翔か。早翔は上様のお庭番だ。

上様っ。

美月は乳房の汗を拭うのをやめて、成川をじっと見つめる。

もしや、この御方は上様なのでは……。

そう考えると、いろいろ説明がつく。水野忠成の前でも美月の真横に座り、忠成が話している間も、じっと横顔を見ていた。

水野忠成に向かって頭を下げたとき、成川にうなじの匂いを嗅《か》がれた気がした。

側用人とは思えぬ大胆な行動だった。それも成川が上様であれば説明がつく。

いや、さすがに考えすぎだろう。天下の将軍が、美月の諸肌脱ぎを間近で見たいばかりに城から抜け出してくるだろうか。しかも、二度も。

「世直し辻斬りに仲間にならないかと誘われたそうだな」

「はい」

やはり昨晩、屋根裏に早翔が潜んでいたのだ。美月は隆之介というより、早翔に聞かせるために話したのだ。上様のお耳に入れるために。はやくも老中首座の側用人にまで届いているようだ。

「それで、断ったそうであるな」

「はい」

「仲間になるのだ」

と、成川が言った。

「えっ……」

「仲間になり、こたびの世直し辻斬りを裏で操っている者を暴くのだ。それがこたびの陰働きの任務である」

そこでひと呼吸置き、成川が、

「これは上様からの下知である」

と言った。

「はっ」

と、美月は思わず、その場に片膝をつき、成川に向かって深々と頭を下げた。上様ご自身から下知をいただいた錯覚を起こしたのだ。

頭を下げつつ、今にも晒からこぼれそうな乳房に、成川の射るような視線を感じていた。

「お頭が首謀者ではないと見ておられるのですね」

「そうだ。その頭は、たんなる駒《こま》だ。その裏に幕府を錯乱して、よを……いや、上様を失脚させようとしている不届者がいるはずだ」

今、よ、と言わなかったか。

美月は成川を見あげた。

成川はまったく表情を変えず、美月の乳房のふくらみを凝視している。

「三月前の御前様でしょうか」

「そうかもしれぬな」

三月前の件では、御前様まではたどりつけなかった。

こたびこそ、裏で操っている者を暴かなくては。それが陰働きの務めなのだ。

「汗がどんどん乳の谷間に流れおるぞ」

成川がしゃがんだ。汗の匂いを嗅ぐのか、くんくん鼻を鳴らしている。

美月から手ぬぐいを奪うと、自ら桶《おけ》につけて水に浸し、そしてしぼるとまたしゃがみ、美月の鎖骨から乳房にかけての汗を拭いはじめた。

美月はそれを拒めなかった。

なぜなのか。上様かもしれないからか。わからない。でも、拒めない。

成川の手が強く動いた。すると乳房を覆っている晒がまくれ、たわわなふくらみがあらわになった。

「あっ……」

前回もそうだった。あのときは剝き出しとなった乳房をじかにつかまれていた。

手ぬぐいで乳房の汗をじかに拭われた。とがった乳首がこすれ、思わず、

「あんっ」

と、声をあげていた。

三月前と同じく、成川の手ぬぐい責めに感じて声をあげてしまった。

成川はさらに強く乳房を、とがった乳首をこすってきた。

「はあっ、あんっ、やんっ」

またも甘い喘ぎ声を洩らしてしまう。乳首がとても敏感になっている。

成川の目の色が変わってきた。手ぬぐいから手を放すと、じかにふたつの乳房をつかんできた。ぐっと揉みこんでくる。

「ああっ……」

またも、美月は声をあげてしまう。

三月前は、我に返ったような顔ですぐに手を引いたが、今日は違っていた。

揉みつづけている。

「な、成川さ……様……な、なりません……」

と、美月は成川を見つめる。すると、さらに揉みしだく手が強くなった。

きっと、私の目が成川をより昂らせているのだ。

成川の乳揉みはなんとも上手である。幾多のおなごの乳を揉みほぐしているような手つきなのだ。

幾多のおなご。やはり、成川は上様なのか。

やっと成川が乳房から手を引いた。乳首はとがり、乳房にはうっすらと成川の手形がついている。

それをじっと見ていた成川が、美月っ、と叫び、乳房に顔面を埋めてきた。

「ああっ、なりませんっ……あ、あんっ、やんっ……なりません……」

成川は乳首を口に含んでいた。ぐりぐりと乳房に顔面を押しつけながら、乳首をちゅうちゅう吸ってくるのだ。このちゅうちゅう吸いに、美月はたまらず反応してしまう。

なりません、という声が甘くかすれている。これでは拒んでいるのではなく、もっと吸ってと言っているのと同じだ。

実際、成川は乳房から顔面を引くことなく、乳首を吸いつづけている。

やっと乳首から口を引いたと思ったら、すぐさまもう片方の乳首にしゃぶりついてくる。と同時に、今まで吸っていた乳首をこりこりところがしはじめる。

動きにまったく無駄がない。おなごなれしている。

「あ、ああ……やんっ、あんっ、なり……ああ、ません……」

左の乳首をころがしながら、右の二の腕をつかんできた。ぐっとあげると、腋の下を撫でてくる。

「はあっ、あんっ」

ぞくぞくとした刺激を覚え、美月は甘い喘ぎを洩らしてしまう。

成川が乳房より顔をあげた。すぐさま腋の下に顔を埋めて、ぺろりと舐めてきた。左の乳首はころがしたままだ。

「あっ、ああ、やん、あんっ」

成川の腋舐めに感じてしまう。

もしや、上様かもしれない、と思うと、さらに感じた。

「美味じゃ。稽古のあとの腋の汗は、極上じゃのう、美月」

その話しかたは、まさに上様のものだと思った。

七

その日の日暮れどき、美月は深川の道場から権兵衛長屋に帰る途中の廃寺にいた。過日、般若の面をかぶったおなごたちが姿を見せた場所に近い廃寺であった。

そこで、お頭たちがあらわれるのを待つことにした。

腰から真剣を抜き、素振りをする。

いつもは真剣を振っていると頭の中が空っぽになるのだが、今日はまったく素振りに集中できない。

成川の顔が浮かぶ。成川の乳吸い、乳揉みを思い出す。

――美味じゃ。稽古のあとの腋の汗は、極上じゃのう、美月。

上様。

「あっ……」

大きく振ると、乳首が晒に強くこすれ、美月はよろめいた。

本堂の戸が開き、ふたりのおなごが出てきた。

ふたりとも小袖姿だった。髷《まげ》を結っている。面はつけていなかったが、鞘ごと大刀を手にしていた。

般若の面はつけていなかったが、世直し辻斬りのおなごたちだと思った。

驚くのは、どちらのおなごもたいそう美形なことだった。乳房は豊満で魅力的だが、素顔は普通だと思っていたからだ。

「美月様、お待ちいたしておりました」

凜とした美貌のおなごがそう声をかけてきた。すんだ声だ。

「世直し辻斬りの御方ですか」

と、美月は問うた。

すると、凜とした美貌のおなごがすらりと大刀を抜いた。正眼に構えるなり、斬りかかってきた。

すばやい太刀すじに目を見張りつつ、正面で受ける。

おなごはすぐさま小手を狙ってくる。かきんっと弾き返す。

「おわかりになりましたか」

「はい」

「では、中に。お頭がお待ちいたしております」

そう言うと、ふたりのおなごは本堂へと入っていく。

美月は大刀を鞘に収めると、階段をあがった。

中は意外と明るかった。四方に行灯《あんどん》が置かれていた。本尊の前にも、炎が揺らめいている。

その前に、男が座していた。男もこたびは般若の面をかぶっていなかった。

とても精悍《せいかん》な風貌であった。

美月は腰から鞘ごと大刀を抜くと、男の前に座した。大刀はわきに置く。

「ようこそ、おいでくださった。感謝します」

「私がこの廃寺で待つことが、どうしてわかったのですか」

「ここは過日、おなごたちと会った場所にいちばん近い廃寺です。美月どのなら、ここでお待ちになると読んでいたのです」

「そうですか」

お互いの考えが一致していた。

おなご辻斬りたちは美貌。頭は精悍な風貌。想像していた人たちとは違っていた。やはり、今の拝金主義の世を真に憂いているのか。

「今宵は般若の面をつけていませんね」

と、美月は言った。

「こうして、また会いたいという意志をあらわしているということは、仲間になるおつもりでいらしたのでしょう。そのような御方相手に、お面をつけて会うなど失礼です」

まっすぐ美月を見つめ、頭がそう答える。

「私は頭の荒谷源一郎と申す。こちらが夏鈴、こちらが麗乃だ」

過日と違って名を名乗り、美月の真横に並んで座しているおなごたちも紹介する。

夏鈴が凜とした顔立ちのおなご、麗乃はどこか男好きのする顔をしていた。

「高岡美月と申します」

と、美月もあらためて名乗った。

「こうしていらっしゃったということは、私たちの仲間になると考えてよろしいのですな、美月どの」

「はい」

と、美月はうなずく。

「過日は断られたが、どういう心境の変化ですかな」

源一郎が美月の心の中まで読みとろうとするような眼差しを向けた。真横に座す夏鈴と麗乃もじっと見つめている。

「あの場でも、心は動いていました。私も今の世は間違っていると思います。このままだと、取り返しのつかない世になると案じていました。けれど、一介のおなご剣客にできることなどありません。そこに、お頭たちがあらわれて世直しを叫び、江戸の民のほとんどが喝采を送っています。私のような者でも世直しのお役に立てればと思い、この場にいます」

美月はしっかりとそう答えた。これは本心であった。それゆえ、声にいっさいの乱れはなかった。

もちろん上様からの下知によって動いているが、それだけではなかった。

「あの、御前様がいらっしゃるのですよね」

「はい。私どもは御前様の崇高な志のもと、動いています」

と、源一郎が答える。

「御前様にお会いすることはできませんか。御前様のお話も、ぜひ聞いてみたいのです」

「もちろんできます」

と、源一郎は答えた。

「お会いできますすか」

「その前に、ひとり斬ってもらいます」

「信用できませんか」

「いずれ斬ることになるのです。はやいか遅いかの違いだけです」

確かにそうだ。世直し辻斬りの仲間になるということは、そういうことだ。

「わかりました」

「では、ちょっと試してみましょう」

「試す……」

「面をかぶって斬れるのか、確かめてみてください」

源一郎がそう言うと、夏鈴が、どうぞ、と美月に般若の面をわたした。

「それをつけてください」

と、源一郎が言う。美月は言われるまま般若の面をつけた。視界が狭くなった。

正面は見えるものの、左右の視界が悪くなる。

「大刀を持って、立ってみてください」

と、源一郎が言う。美月は鞘ごと大刀を手にすると、立ちあがった。

「そこで構えてみてください」

と言われ、美月はすらりと大刀を抜き、正眼に構える。

「夏鈴」

と、源一郎が言うと、夏鈴が鞘ごと大刀を持ち、立ちあがった。そして美月と
間合を置くと、すらりと大刀を抜き、構えた。

第三章　謎《なぞ》の若い男

一

美月は夏鈴と向かい合っていた。

夏鈴が峰に返した。美月も峰に返す。すると、夏鈴が迫ってきた。

正面で受けとめる。するとすぐに、夏鈴が右手に動いた。

一瞬、夏鈴が視界から消えた。横を向くと、刃《やいば》が迫ってきた。美月はぎりぎりで受けとめる。峰に返しているとはいえ、真剣ゆえに緊張感が半端ない。

竹刀《しない》を使う道場での稽古《けいこ》とは、まったく違っていた。

夏鈴が下がった。また視界から消える。大きく右手を向くと、またも切っ先が迫ってきていた。

美月は咄嗟《とっさ》に下がった。受けきれないと判断したからだ。

「やめっ」

と、源一郎の声が本堂に響く。

「どうですか、美月どの」

「左右の視界がとても悪いです」

夏鈴と麗乃がうなずく。

「これは慣れるしかありません。辻斬《つじぎ》りの際、まずは用心棒と対することになります。世直し辻斬りの話が江戸中に広まり、今は身に覚えのある高利貸しはみな、用心棒をつけています」

「そうですね」

「その用心棒の腕がどれほどのものかは、まったくわかりません。ほとんどの用心棒が夏鈴や麗乃の相手ではないはずですが、中には腕の立つ者がいます。麗乃は用心棒から乳首の横に刀傷をつけられました。麗乃だから、まだわずかな刀傷だけですみましたが、並の剣客なら乳首は飛んでいたでしょう」

「乳首が……」

美月の乳首がうずいた。

「名を調べてみました。権堂矢十郎という浪人です」

と、麗乃が言った。目が復讐《ふくしゅう》に燃えている。

やはり、凄腕《すごうで》の用心棒は矢十郎だったか。ここしばらく矢十郎を見ていない。もしや山崎屋で、そこのおなごとまぐわっているのかもしれない。矢十郎はまぐわいなしでは生きていけない男だ。

「乳に刀傷をつけられて、引き下がったままではいられません。世直し辻斬りの恥です。必ず、矢十郎の魔羅《まら》を斬り落としてご覧に入れます」

「魔羅を……」

矢十郎の魔羅が斬り落とされるところが脳裏に浮かび、美月は躰《からだ》を震わせる。

「どうしましたか。もしや、権堂矢十郎と知り合いですか」

と、正面に立つ夏鈴が聞いてくる。

「いいえ。知りません」

「世直し辻斬りは、今や悪徳商人たちの脅威です。用心棒も腕の立つ者しか雇わないでしょう。それに用心棒のほうも、面の弱点をついてくるはずです」

「面の弱点……」

「はい。左右に動き、そこからしかけてくるでしょう」

夏鈴、と源一郎が言うと、ふたたび夏鈴がすばやく右手にまわり、大刀《だいとう》を振ってくる。

やはり、いきなり切っ先が突き出してくる感じだ。受けるだけで精一杯だ。しかも、夏鈴は小袖《こそで》姿なのだ。本来より動きは鈍いはずだ。そんな相手にも受けるだけとは……とはいっても、素顔をさらすわけにはいかない。

「では、もうひとつ。乳を出して大刀を振ってみてください」

と、源一郎が言う。

「乳を……」

「はい。世直し辻斬りは、般若《はんにゃ》の面と乳と黒合羽《くろガッパ》ですから」

「どうしても、乳は出さないといけないのですか」

「恥ずかしいですか」

と、夏鈴が聞く。

「は、はい……往来で乳を出すのは……」

「恥ずかしさが勝っていては、大刀の切っ先が鈍ります。恥じらいは捨てないといけません」

そう言うと、夏鈴は大刀を床に置き、自らの手で帯を解《ほど》いていく。肌襦袢《はだジュバン》はつけておらず、脱ぐと男がつけるような下帯をとても小さくしたもので恥部を覆っていた。

「それは……」

「おなご下帯というものです。世直し辻斬りのときには、黒い野袴《のばかま》の下にはなにもつけませんが、小袖で歩くときは、このおなご下帯をつけています。とても動きやすいのです」

「そうなのですね」

おなごの割れ目だけを隠すものだった。確かに動きやすそうだ。

「欲しいのなら、お作りしますよ」

と、夏鈴が言う。

「自分で作っているのですね」

「はい。あとで寸法を測らせてください」

「寸法、ですか……」

「割れ目の寸法です」

「そ、そうですか……おねがいします」

夏鈴がおなご下帯だけの姿で、あらためて大刀を構える。峰に返すと、斬りかかってきた。

たわわな乳房を弾ませ、迫ってくる。

乳房の揺れに惑わされたが、美月はすぐさま、反射的に弾む乳房を狙《ねら》っていく。

切っ先が乳首をかすめたと思ったが、夏鈴がぎりぎり弾《はじ》いた。

「乳房の揺れは用心棒の目を惑わすことに有効ですが、前に出ているぶん狙われやすいのです」

と、夏鈴が言う。

「そうですね」

美月も袴に入れている着物の裾《すそ》を出す。

夏鈴だけに乳房を出させるわけにはいかない。それに、般若の面をかぶったまま乳房を出して、どんなふうに大刀を振れるのか知りたかった。

上半身だけ脱ぐ。胸もとは晒《さらし》を巻いている。下は袴だ。

こうして見ると、おなご下帯はとても動きやすそうで、しかもおなごの剣客らしかった。

美月は晒を取った。押さえつけられていた乳房がぷるるんと弾むようにあらわれる。

源一郎の視線を感じた。じっと、美月の乳房を見つめている。

ふと、夏鈴と麗乃は源一郎とまぐわっているのでは、と感じた。世直し辻斬りのあとの昂《たかぶ》りのなか、まぐわっているのでは……と。

ふと、私も源一郎とまぐわうことになるのか、と思った。いや、それはない。私の生娘《きむすめ》の花は隆之介様のもの……いや、上様の……もの……。

美月は袴も脱いだ。腰巻があらわれる。

腰巻だけになると、おなご下帯だけの夏鈴が斬りかかってきた。

正面から来る。やはり弾む乳房に大刀を向けたくなる。

たあっ、と斬りかかると、夏鈴はすばやくわきに避け、般若の面の死角から斬りかかってきた。

「危ないっ」

と、麗乃が叫ぶなか、美月はぎりぎり脇乳を狙った切っ先を受ける。

「素晴らしい」

と、源一郎が褒める。

「私なら今、乳にまた刀傷をつけられていました」

と、麗乃が言う。

夏鈴は自ら般若の面をかぶっているだけに、死角がわかるのだ。そこをついてくる。

受けてばかりではだめだと、美月は反撃に出る。たあっ、とぐっと踏みこむと、乳首を狙って大刀を振る。

乳首を斬る直前で寸止めにするつもりだったが、難なく刃で受けとめられた。ほんのわずかだが、乳房が重たげに揺れるため、そのぶん刃の速度が落ちていた。だから、夏鈴は受けとめられたのだ。そして夏鈴はそこまで読んで、受けていた。

「いかがですか、般若の面をつけて、乳まる出しで戦うのは」

と、源一郎が聞いた。

源一郎を見ると、美月を見つめる目がぎらついている。さきほどまでの精悍《せいかん》な顔とは違っている。

「視界も悪くなり、大刀を振る動きもわずかに鈍っています」

「そうですね」

「これは辻斬りに出る前に稽古をしないとなりません。それも建物の中ではなく、外で……」

「そうですね。明日の夜、出てこられますか」

と、源一郎が聞く。

「はい」

「明日の夜、みなで稽古をするのです。特に、麗乃が権堂矢十郎への復讐を誓っておりまして」

「そうなのですね」

「恥をかかされたままでは、おなごの剣客として生きていけません」

と、麗乃が言う。

美月は夏鈴にも麗乃にも同じおなごの剣客として、親しみを覚えはじめていた。

かといって、矢十郎が麗乃に斬られるのは勘弁だ。

矢十郎が麗乃に敗れることはないはずだが。

「美月様もぜひ、夜の稽古に加わってくだされ」

「わかりました」

「本所《ほんじょ》のはずれで稽古をします。四つ（午後十時頃）に大川と堅川《たてかわ》が交わる場所で、お待ちください」

そう言うと、源一郎が立ちあがった。帯を解きはじめる。

「夏鈴」

と呼ぶと、おなご下帯だけの夏鈴が大刀を置き、源一郎に迫る。

なにを……と思っていると、源一郎が着物を脱いだ。ひざまずいた夏鈴が下帯を取る。すると、弾けるように魔羅があらわれた。

「なにを……あっ……」

夏鈴が魔羅にしゃぶりついたのだ。

「うんっ、うっんっ」

と、お頭《かしら》の魔羅を貪《むさぼ》っている。それを、わきに座す麗乃が妖《あや》しくぬめった瞳で見つめている。

やはり、夏鈴と麗乃は源一郎とまぐわっている。

夏鈴が唇を引いた。天を衝《つ》く魔羅の先端から根元まで唾《つば》まみれだ。

「立て」

と、源一郎が命じる。夏鈴は言われるまま立ちあがる。源一郎に抱きつこうとすると、

「美月どのを見るのだ」

と言った。夏鈴はこちらにおなご下帯だけの姿を見せた。

「麗乃」

と、源一郎が言うと、麗乃が夏鈴ににじり寄り、恥部からおなご下帯を脱がせにかかる。

おなごの割れ目に食いこみ気味だった縦の布が、剝《は》ぎとられていく。それはどろどろに濡れて、変色していた。

裸にされた夏鈴を、源一郎が立ったまま、うしろより突いていった。

「あぁっ、お頭っ」

夏鈴は美月を見つめつつ、いきなり歓喜の声をあげる。

「どろどろであるな。美月どのと剣を交わして昂ったか、夏鈴」

「はい……ああ、ああっ、美月様、お強くて……ああ、本気で乳に刀傷をつけようとしていましたけれど……ああ、ああっ、できませんでした」

なんと、寸止めするつもりはなかったというのか。親しみを持った美月が甘かった。おなごは怖い。

「私より強いおなごの剣客と刃を交わして……あ、ああっ、夏鈴の躰《からだ》……ああ、ぐしょぐしょですっ」

美月を見つめつつ、夏鈴がそう叫ぶ。

「美月どのはどうですか」

夏鈴をうしろより突きつつ、源一郎が聞く。

「えっ……」

「夏鈴と刃を交わし、濡らしましたか」

「えっ、い、いや……それは……」

「聞いたか、夏鈴。美月どのは、おまえのようなおなご剣客と刃を交わしても、濡らさなかったようだぞ」

「ああ……」

美月は濡らしていないと聞いて、夏鈴は泣きそうな顔になる。

実際、美月も濡らしていた。夏鈴の刃が乳房をかすめそうになったとき、どろりと蜜《みつ》が出ていた。が、そんなこと、知られたくはなかった。

「美月様は濡らしています」

と、麗乃が言う。

「ああ、そうなの、麗乃……」

と、夏鈴がすがるように麗乃を見る。

「夏鈴の切っ先が美月様のお乳に触れそうになったとき、美月様の目が潤みました」

「そのようなことはありません。失礼します」

美月は袴をつけると背を向けた。

「ああ、いい、いいっ、お頭っ」

「美月どの、明日、お待ちしておりますぞ」

夏鈴のよがり声と源一郎の声が重なる。

本堂を出ようとしたとき、

「いくっ」

と、夏鈴のいまわの声がした。その声を聞いて、美月ははあっと火のため息を洩《も》らした。

二

廃寺を出てしばらく夜道を歩いていると、すうっと早翔《はやと》が寄ってきた。

「本堂で、なにがありましたか」

と、さっそく聞いてくる。

「あの場にはいなかったのですか」

声が甘くかすれている。早翔に気づかれる、と思うと、なぜか、おさねがうずいた。

「なにか、凄《すさ》まじい気を感じて、近寄るのをやめました」

「お頭の荒谷源一郎の気でしょう」

と、美月は答える。

「本堂でなにがありましたか、美月様」

「般若の面をかぶって、辻斬りの稽古をしました」

声は甘くかすれたままだ。

「それだけですか」

「お乳も出しました」

「乳を出して、辻斬りの稽古をしたのですね」

「はい……般若の面をつけて、しかもお乳を出した状態での辻斬りは、かなり稽古が必要です。だから、明日の四つ、本所のはずれで、みなの稽古に加わることになりました」

「みなというと」

「お頭に、夏鈴どの、麗乃どのです」

「乳首の横にほくろがあるおなごと、刀傷をつけられたおなごですね」

「刀傷は矢十郎様がつけたそうです」

「なるほど。さすが、矢十郎様だ」

早翔が感心したようにうなずく。

「今宵《こよい》は、それでお終《しま》いですか」

「えっ……」

「お頭と、なにかありませんでしたか」

早翔が往来で美月の目をのぞきこんでくる。

「ありません……」

美月は目をそらしてしまう。

「真《まこと》ですか」

「真です……」

「わかりました。明日、三人の乳が見られるわけですね」

早翔がそう言う。

「そうですね……」

「わかりました」

と言うと、早翔は目の前から消えた。

翌日の四つ、大川と竪川が交わる場所に立っていると、すうっと猪牙船《ちょきぶね》が寄ってきた。船頭しかいなかった。船頭は源一郎だった。

「どうぞ、お乗りください」

袴姿の美月は、猪牙船に乗りこんだ。

「夏鈴様と麗乃様は」

「ふたりは先に本所のはずれに行って、稽古をしています。おなご三人が猪牙船に乗ると、目立ちますからね」

源一郎を見ると、夏鈴とのまぐわいを思い出す。本所のはずれで、乳を出しての辻斬りの稽古。稽古とはいっても、真剣を使う。

本気の稽古では、夏鈴と麗乃は間違いなく、女陰《ほと》をぐしょぐしょにさせるだろう。源一郎が魔羅を出し、それにしゃぶりつくふたり……。

私はしゃぶりついたりしない……ありえない……。

竪川を進むと、どんどんまわりが寂れてくる。ひと気がなく、往来での世直し辻斬りの稽古にはよい場所だ。

朽ちかけた船着場に猪牙船を止め、美月と源一郎は河原をあがっていく。すると、たあっ、やあっ、と気合の入ったおなごたちの声が聞こえてきた。

往来に出ると、異様な光景に出くわした。

般若の面をかぶり、上半身は乳を出し、下半身は黒い野袴に包まれたふたりのおなごが大刀を持ち、対峙《たいじ》している。

想像はしていたが、思っていた以上に異様で、それゆえ強く目に焼きついた。これを見た者は誰かにしゃべりたくなるだろう。あっという間に、江戸中の話題となったのもわかる。

これも御前様が考えたのだろうか。三月《みつき》前、オットセイの買い占めを命じ、こたびは、乳出しのおなご辻斬り。

いろいろ考え出すものだ。御前様こそ政《まつりごと》につくのがふさわしいのでは、と思ってしまう。

「おう、見えたぞ、ああ、般若の面をつけて、乳を出しているぞっ、ああ、ふたりいる。ああ、どちらも大刀を持っているぞ。ああ、右のおなごが斬りかかっていったぞっ。ああ、乳が揺れる。乳が弾むっ。ああ、なんて眺めだっ」

家斉が興奮した声をあげる。

早翔は今朝、江戸城の庭を散歩していた家斉に近寄り、今宵行われるおなご辻斬りの稽古のことを話していた。

――なにっ。世直し辻斬りふたりと美月の三人が、往来で稽古をすると言うのかっ。

家斉は天下の一大事を聞いたような反応を示した。

――よくぞ、知らせた。あっぱれじゃ、早翔。

とうぜんのこと、家斉は嬉々《きき》とした顔で見たいと言ってきた。過日、城から出て辻斬りを探したときは遭遇できず、それから元気がなかったのだ。

大奥に入りびたっていた家斉が、大奥にも足を運ばず、将軍はどうしたのだ、病気ではないのか、と幕閣でも話題になりつつあったのだ。

ただ、そばでは見られないと進言しておいた。お頭に気づかれたら、美月の命にもかかわると言ったら、家斉は渋々遠めがねで見ることを承諾した。

美月を乗せた猪牙船をかなり離れたところからつけていた。見逃してはいけないと、半月前より伊賀《いが》より呼びよせたくノ一の茜《あかね》を先に行かせていた。

堅川を挟んだ高台より見下ろす形で、往来に立つふたりのおなごを遠めがねで見ている。

「ふたりの乳房も豊かでよいな。ああ、大刀を振るたびに弾む乳房のなんと素晴らしいことだ」

家斉はすっかり元気になっている。これで病気説も消えるだろう。家斉の元気の源はとにかく、おなごである。

「おう、三人目があらわれたぞ」

往来に、新しいおなごが姿を見せた。ふたりと同じく般若の面をかぶり、下半身は黒い野袴で包んでいた。ふたりと違うのは、黒合羽をつけていることだ。

「あれは、美月であるな」

「はい」

美月らしきおなごが、乳首の横に刀傷のあるおなごと対峙した。

「あのおなご、乳首の横の刀傷がなんともそそるのう。舐《な》めてみたいものだ」

さっそく家斉が刀傷に触れる。

「さすが、上様。すぐに、お気づきになりましたね」

「当たり前じゃ」

「あれは、権堂矢十郎がつけた傷と言われております」

「さすがであるな」

と、家斉が感心する。

「あのおなごは麗乃と言います。もうひとりの乳首の横にほくろがあるおなごは、夏鈴と言います」

「そうか」

と、家斉がうなずく。

美月らしきおなごが黒合羽を取った。

「おう、美月であるな。美月の乳だ」

乳房だけを見て、高岡美月だとわかるとは。

ふたりは斬り合いをはじめた。どちらも峰に返してはいたが、真剣を手にしている。竹刀は使わないようだ。稽古といえど、真剣勝負ということか。

「あの傷のおなご、なかなか強いぞ。美月の乳を狙っておる。おのれと同じ刀傷持ちにしたいのであろう」

ふたりの立ち合いに熱が入る。

ふと、そこに駕籠《かご》が近寄ってくるのが見えた。

「駕籠じゃ……もしや、定信か」

と、家斉が言った。

駕籠に気づいたのか、ふたりは立ち合いを止めた。

駕籠がそばに置かれる。すると、源一郎に夏鈴と麗乃が駕籠の前に片膝《かたひざ》をついた。美月だけが棒立ちである。

「やはり、定信であるな。あやつも隠居の身でありながら、乳が好きなのか。意外であるな」

垂れが引かれた。着流し姿の男が出てくる。男も般若の面をかぶっていた。

「あれは定信か」

と、家斉が不審な声をあげる。

「違うようです」

駕籠から出てきた男は若かった。隠居の定信ではないのは確かだが、ほかの幕府の重鎮たちとも違うように見えた。

「若いな」

「はい」

「いったい、誰だ」

男は腰から大刀を抜くなり、しゅっと振ってみせた。

なかなか鋭い太刀すじである。

「誰だ……御前様は定信ではないのか」

家斉が混乱している。早翔もそうだ。

「よの知らぬ男が、よの失脚をくわだてているというのか」

ずっとにこやかだった家斉の横顔が厳しいものとなる。

ふたたび、世直し辻斬りの稽古がはじまった。今度は源一郎以外に、謎《なぞ》の若い男が見ている。背すじはぴんと伸び、立振舞に品を感じる。

「どこぞの若い藩主か」

「どうでしょうか」

「まさか、長峰藩主ではないだろうな」

「美月様を奥に呼んで逃げられた藩主ですか」

「そうだ。美月の生娘の花びらはよが散らすゆえ、手出しはならん、と面と向かって告げておったからな」

「それなら、美月様が気づくはずでは。それに、もっと若そうです」

「そうであるな」

男は夏鈴と対峙している。夏鈴が峰に返した大刀を振う。男はわきにすばやく動くと、大刀を振り下ろす。

「乳がっ」

と、家斉が大声をあげる。

まずいっ、と思ったが、誰も動きを止めなかった。夏鈴は乳房を弾ませ、下がる。それを、男の大刀がわきから追う。

死角をついた刃だ。夏鈴は防戦一方である。男はまったく容赦なく、刃を乳房に向けて突きつけつづける。

弾む乳房。とがる乳首。汗ばむ肌。

早翔は、責められる夏鈴に見惚《みと》れていた。隣を見ると、家斉も見入っている。

三

「般若の面の弱点は、やはり横であるな。用心棒たちにこれを気づかれると、ちとまずいな。乳出しも弱点となるな」

夏鈴を追いつめたあと、男がそう言った。

「次」

と、男が美月に刃を向ける。

「はい」

と、美月は前に出る。

「こうして面で顔を隠していることをゆるしてくれ。まだ美月どのを信頼しているわけではないのだ。ただ今宵は、新しく入ったおなごがいるというので、楽しみに参ったのだ」

この男が御前様なのだろうか。駕籠に片膝をついた源一郎たちを見ていると、この男こそ御前様のようにも思える。

御前様というから、年寄りかと勝手に想像していたが、目の前に立つ男は若かった。かなり若い。この男からも、成川徳之進《とくのしん》や長峰彦一郎から受ける生来の品を感じた。

若いが、只者《ただもの》ではない気がする。この世直し辻斬りはこの男の考えだという。なかなか頭も切れる。素顔を見たい。

対峙する。男が大刀を構える。

「口上を述べてくれ」

と、男が言う。黒合羽を着せてやれ、と麗乃に言い、麗乃があらためて美月に黒合羽を着せた。月明かりを受けていた乳房が隠れる。

「おぬし、高利で金を貸し、暴利を貪っているな」

と、美月は言った。予想以上に、声がこもった。

「もっと力強く」

と、男が言う。

「おぬし、高利で金を貸し、暴利を貪っているな」

「とんでもございませんっ」

と、男が否定する。

「緊縮財政派が一掃され、また賄賂《わいろ》政治が幅を利かせるようになった。このままでは、また世は乱れ、いずれ幕府は倒される」

「もっと腹から」

と、男が言う。それから美月はこの口上をつづけて三度言わされた。何度も口にしていると、真に、また世は乱れ、いずれ幕府は倒されそうな気がしてくる。

言葉の力は恐ろしい。

「そのようなことは、ございません」

と、男が否定する。

「いやっ。今こそ世直しが必要だっ」

ここで黒合羽を脱いだ。すばやくきれいに脱げた。

「悪徳高利貸しっ、私が天に代わって、成敗してくれるっ」

先生っ、と源一郎が叫ぶ。すると、男が迫ってきた。用心棒だ。すぐに横に動く。すると、男の姿が消えた。美月はすぐに横を向く。すると、また消えていた。背後に気を感じ、あわてて振り向く。

するとが乳房に迫ってきていた。

美月は下がりながら、切っ先を弾いた。

つもりだったが。


「乳首がっ、美月の乳首がっ」

と、家斉が叫ぶ。

「上様、声が大きいです」

「しかし、乳首が……ああ、無事であったか」

家斉がほっとした表情を浮かべる。

この声こそ、相手に届いたかもしれない、と早翔は案じる。

「乳首、飛んでいました」

乳首のほんの先で、男の切っ先が止まっていた。まさに寸止め。男の切っ先を間近に感じて、乳首が恥ずかしいくらいとがっている。

美月はおのれの躰が熱くなっていることを知る。

「もう一度」

と、男があらためて対峙する。

美月は世直しの口上を述べる。男が斬りかかってくる。横に動くと踏んでいたら、そのまま正面から斬りかかってきた。またも、前に出ている乳首狙いだ。

美月はほんのわずか、受けが遅れた。またも、乳首の直前で寸止めされた。

「ああ……」

思わず、甘い声を洩らしてしまう。般若の面をかぶっていて、よかったと思った。素顔はきっと、うっとりとした表情となっていたはずだ。

「乳を出すのは、民の話題になりやすいためだが、やはりこうして乳首が狙われやすくなってしまう。恐らく次からは、用心棒たちは死角をついた横からの攻めと乳首を狙ってくるだろう。夏鈴、麗乃、そして美月どの、心して世直し辻斬りを遂行してくれ」

はいっ、と夏鈴と麗乃が返事をする。

「美月どのも、承知したか」

「はい……」

美月は女陰がどろどろになっていると思った。

それから半刻（一時間）ほど、源一郎を用心棒に見立てて、美月たちは辻斬りの稽古をつづけた。その間、般若の面をかぶった若い男は、見守りつづけていたが、稽古が終わる前に、

「よに構わず、つづけてくれ」

と言うと、駕籠に乗りこんだ。


「駕籠をつけろ」

と、家斉が命じる。

「上様をおひとりにしておくわけは参りません」

「わかっておる。が、つけろっ」

と、家斉が言う。こんなに真剣な表情の家斉は見たことがない。それほど、あ

の若い武士に脅威を覚えているのだろうか。

将軍の勘か。伊達《だて》に十一代もつづいていないか。

「茜につけさせます」

そう言うと、早翔は堅川に向かって石をふたつ、つづけて投げた。

「茜が駕籠をつけます」

と、早翔は言った。

「茜とは誰だ」

「半月前、伊賀より呼びよせたくノ一です。上様と市中にいるとき、私に万が一のことがあったとき、上様をお守りするためのくノ一です」

「くノ一か。淫《みだ》らな秘技を使うのであるよな」

「茜は、そのようなものは使いません」

「そうなのか。くノ一はみな、淫らな秘技を取得しているのではないのか」

「違います」

「まあ、よい。今度、挨拶《あいさつ》に来させろ」

「はっ」

「巻かれなければよいがのう」

と、家斉がつぶやいた。遠めがねからは目を離していない。

早翔からの命を受けた茜は、すぐに駕籠に追いついた。

駕籠は堅川ぞいを大川のほうに向かっていたが、船着場についた。船着場には猪牙船が止まっていた。駕籠から降りた武士が猪牙船に乗りこむ。般若の面はつけたままだ。用心深い。

猪牙船が滑るように、川に出る。茜は川ぞいを走る。茜は黒装束姿だった。頭の上から足の先まで真っ黒だ。顔も覆い、目だけ出している。

黒装束の下にはなにもつけていない。そのほうが動きやすいからだ。

さきほど世直し辻斬りの稽古を見ていたが、乳房を出して大刀を振るのは、なかなか大変だ。おなごの場合、やはり乳房が動きを鈍くしてしまう。

茜もあの三人ほどではないが、乳房は豊かである。今も黒装束の胸もとは張っている。

往来には人の姿はない。無人の往来を駆けていく。

猪牙船を追っていると、前方の横手から気配を覚えた。忍びだ。

手裏剣が飛んできた。茜は咄嗟に身を投げ出した。手足の先に次々と手裏剣が突き刺さる。ぎりぎりだ。ちょっとでも動きが遅かったら、今ごろ往来に磔《はりつけ》になっていた。

顔を起こすと、三人の忍びがこちらに向かってきていた。

いつ、ばれたのか。あの武士も忍びをつけていたのか。

さらに手裏剣を投げてくる。茜は川辺へところがっていく。三人の忍びが駆け下りてくる。捕まるわけにはいかない。かといって、反撃も無理そうだ。

ここは逃げるが勝ちだ。

茜はためらうことなく、堅川に飛びこんだ。水中に手裏剣が飛びこんでくる。

茜は、水練は得意である。どんどんもぐっていく。すると、足をつかまれた。

驚いた。私に追いつく忍びがいたとは。

さすが、江戸だと思った。日ノ本中から選《え》りすぐりの忍びが集まっているのだ。

茜の血が騒いだ。川の中で足をつかまれ、江戸に来てよかったと思った。

茜は自由なほうの足で、足をつかんでいる忍びの頭を蹴《け》りあげた。見事に当たり、足から手が放れる。茜は反転すると、頭を蹴られて口から大量の泡を出している忍びに抱きついた。首を絞めていく。

敵の忍びはあっけなく白目を剝《む》いた。手を放すと、さらに沈んでいく。

茜はそのまま川の中を進んだ。息がとぎれることはなかった。あとのふたりは、水中までは追ってこなかった。それが残念だった。

四

夜中、美月が帰ってきた。

寝床にはつかず、あぐらをかいて隆之介は待っていた。

「隆之介様、起きていらしたのですか」

「疲れたであろう」

「疲れました」

と、美月が隆之介にしなだれかかってきた。こんな美月を見るのははじめてだ。

今宵、美月が世直し辻斬りの稽古をやることは知らされていた。

世直し辻斬りに潜入し、御前様の正体を暴くという、上様からの陰働きの下知を受けていることも聞かされていた。

美月はなんでも話してくれる。しかし、隆之介は真由のことを話していない。

真由を旗本奴から助けたなど、美月の潜入陰働きに比べたら些細《ささい》なことだ。

いや、些細なことだから話さないのか。違う。乳に触れたからだ。揉《も》んだからだ。そのあと毎日、昼飯を作って持ってきてくれているからだ。

真由にはすでに岡林健作が隆之介には許婚《いいなずけ》がいることを話している。それでも、真由はお礼ですからと通ってくる。

もしかしたら、いや、おそらく主《あるじ》のゆるしも得ているのだろう。用心棒として雇うために。腕は確かなのだから。

「御前様らしき御方《おかた》が姿を見せました」

「そうなのか」

「若かったのです」

「若い……」

隠居した定信ではないのか。

「般若の面をしていました。素顔でも顔を見ただけでは、私には誰だかわかりませんけれど……」

「そうであるな」

幕閣の人間だとしても、隆之介たちはそもそも素顔を知らない。

「隆之介様」

と言って、美月が隆之介を見つめる。

「なんだ」

「辻斬りをやることになりました」

「そうか」

「どうしたらよいのでしょうか。辻斬りをやって、はじめて信頼されるのです」

「そうであるな」

辻斬りをやるということは、人を斬るということだ。いくら、あくどいことで金儲《かねもう》けをしている商人とはいえ、斬ってよいのであろうか。

「もう、斬る相手も決まっているのか」

「大黒屋です」

「なんだとっ」

隆之介は思わず大声をあげてしまう。

みなが寝静まっている裏長屋に、隆之介の声が響きわたった。

「どうなされたのですか。みなが起きてしまいます」

「すまない……」

「大黒屋、ご存じなのですか」

隆之介はすべてを話すことにした。真由の乳房をつかみ、揉んだ話は抜かして。

「そうだったのですか。そんなことがあったのですね」

「つい、話しそびれてな……」

「大黒屋は老中首座が水野忠成様に代わってから、一気に大きくなった高利貸しだそうです。かなりの高利で貸しつけて、容赦ない取り立てをしているようです。成敗に値する商人だとお頭がおっしゃっていました」

「その娘の話だと、そんなことはないと言っていたが……」

「隆之介様、なにか隠していらっしゃいませんか」

「えっ……」

美月がまっすぐ隆之介を見つめている。

「乳房を揉んでしまった……」

「えっ……」

「娘を助けたときに乳が出ていて、助けたあとつかみ、揉んでしまったのだ」

「ああ……」

美月は意外そうな顔をした。乳揉みのことではないのか。乳揉みはたいしたことではないのか。

「ほかに大事なことを隠していらっしゃいませんか」

と、美月がじっと見つめている。

「用心棒を……その娘から頼まれている」

「お引きうけなさったのですか」

「いや、まだ返事はしておらぬ」

「そうでしたか。用心棒をなさっていたら、私と剣を交えるところでした」

天井が開いた。見あげると、早翔が顔をのぞかせていた。

五

二日後の夜。

大黒屋庄右衛門《しょうえもん》は、一日おきに日本橋《にほんばし》の料亭に通っている、食通である。

今宵もいつもと同じように、舌鼓を打ったあと、四つ前に帰途についていた。

駕籠を使っていた。その駕籠の前に、般若の面をかぶり、黒合羽で上半身を覆い、下半身は黒い野袴のおなごが姿を見せた。

先導する提灯《ちょうちん》持ちが、

「世直し辻斬りだっ」

と叫び、提灯を落とした。駕籠かきも棒を落とす。駕籠が往来に落ちる。

「大黒屋庄右衛門の駕籠であるな」

と、おなごが提灯持ちに問うた。提灯持ちは返事をしようにも口がまわらない。

「どうなのだ」

おなごが腰からすらりと大刀を抜くと、提灯持ちに切っ先を突きつけた。

「へ、へい……大黒屋庄右衛門の駕籠でございやす」

震える声で答える。

「大黒屋庄右衛門っ、駕籠から出てこいっ」

と、おなごが叫ぶ。駕籠の背後には用心棒がいた。

「先生っ、おねがいしますっ」

と、駕籠の中から主の声がする。

「おぬし、大黒屋のような悪党の用心棒を務めて、恥ずかしくないのか」

おなごが切っ先を用心棒に向けて言う。駕籠かきは先棒も後棒も駕籠から離れていたが、とどまっている。

おなごが世直し辻斬りであるならば、自分たちが斬られることはないと踏んでいるのだ。となると、黒合羽の下の乳房が気になり、逃げられないでいる。

「先生っ、おなごの剣客など、はやく斬ってくださいっ」

と、中から主が急《せ》かす声がする。

「世直し成敗を邪魔だてするのなら、まずはそなたを成敗することになるが、よいのか」

と、おなごが問う。

「おまえ、真に世直し辻斬りなのか。真にそうなら、乳を見せてみろ。真の世直し辻斬りであるなら、よい乳をしているのだろう」

と、用心棒が言う。声が心なしか震えている。

「よかろう」

おなごが黒合羽に手をかけた。用心棒だけではなく駕籠かき、そして尻餅《しりもち》をついたままの提灯持ちが固唾《かたず》を呑《の》む。

おなごが黒合羽を取った。たわわに実った乳房があらわになった。

「おうっ」

わかっていても、話を聞いて想像しているのと、生で見るのとでは大違い。

夜道にあらわれた豊満な乳房に、男たちは圧倒される。

そんななか、おなごが動いた。たわわな乳房をぷるんぷるんと弾ませながら用心棒に迫ると、正面から大刀を振った。

我に返った用心棒は咄嗟に下がりつつ、正面で受けた。かきんっ、と刃と刃が当たる音が響く。

おなごはすぐさま用心棒の肩を狙う。袈裟《けさ》懸《が》けである。

おなごの剣捌《けんさば》きはすばやく、用心棒は後れを取った。真剣勝負はわずかな遅れが命取りとなる。

袈裟懸けが見事に決まった。

「ぎゃあっ」

と叫び、用心棒が崩れ落ちた。それを目の当たりにして、ひっ、と駕籠かきが叫ぶ。が、逃げない。恐怖で顔を強張《こわば》らせながらも、おなごの弾む乳房を、爛々《らんらん》とした目で見つめている。

「大黒屋庄右衛門っ、観念して出てこいっ」

おなごが駕籠に向かって叫ぶ。

「出てこないのなら、駕籠ごと成敗してくれるぞっ」

「お待ちくださいっ」

と、中から声があがった。垂れがめくられ、四十代なかばふうの商人が姿を見せた。駕籠から降りると、乳まる出しで大刀を持つおなごを見て、ひいっ、と往来に正座をする。

そして、地面に頭をこすりつけ、

「どうか、おゆるしくださいませっ」

と、詫《わ》びを入れる。

「大黒屋っ、おぬし、高利で金を貸し、暴利を貪っているな」

「とんでもございませんっ」

と、庄右衛門は否定する。

「緊縮財政派が一掃され、また賄賂政治が幅を利かせるようになった。このままでは、また世は乱れ、いずれ幕府は倒される」

「そのようなことは、ございません」

「いやっ。今こそ世直しが必要だっ」

「お武家様っ、誤解でございますっ」

庄左衛門は立ちあがると、逃げようとした。

「成敗っ」

おなごは真正面から庄左衛門を斬った。

血飛沫《ちしぶき》があがり、おなごの般若の面から乳房までを赤く染めていく。

庄左衛門はばたっと倒れた。

「おまえたちっ」

と、おなごが提灯持ちと駕籠かきに顔を向ける。

「はいっ」

「今、見たことを江戸中にひろめるのだ。よいな」

「はいっ」

おなごは黒合羽を手にすると、上半身に羽織った。そして、掘割のほうに歩いていった。誰もあとを追う者はいなかった。


近くの船着場に猪牙船が止まっていた。それに大黒屋を斬ったおなごが乗りこんだ。猪牙船には荒谷源一郎と夏鈴、そして麗乃が乗っていた。麗乃は棹《さお》を手にしていた。

「成敗しました」

と、おなごが言った。

「しかと見届けました。美月どの、お見事っ」

と、源一郎が声をあげた。

猪牙船が滑り出す。

美月と呼ばれたおなごが般若の面を取った。

「見事な太刀捌きでした。感服しました」

と、源一郎が褒める。


源一郎が美月の初世直し成敗を見届けていた。それゆえ、真に斬るしか信頼される道はなかった。美月の陰働きは御前様の正体を暴くことだ。定信ではないとわかったために、よけい御前様の正体を暴くことが重要となっていた。

源一郎が手を伸ばしてきた。黒合羽に包まれた美月の腰をつかむ。

その刹那《せつな》、緊張が解けた。

「あっ……」

と、美月はよろめき、そのまま源一郎の懐に顔を埋《うず》めていった。

「よくやった、美月。見事であったぞ」

と言って、背中をさすっている。

「お頭……」

と、美月は源一郎を見あげる。あごを摘まれ、唇を奪われた。

それはあっという間の出来事だった。

唇を奪われた刹那、美月の躰はとろけていた。そして、躰がたまらなくうずいていることに気づいた。

猪牙船は大川に出た。すると黒合羽を剝ぎとられた。美月の上半身があらわになる。

鮮血を浴びた乳首は恥ずかしいくらいにとがっていた。それを摘まれた。

「あぁっ」

たったそれだけで、美月は愉悦の声をあげていた。

六

「お役人を呼んでこないとっ」

と、駕籠かきたちが走り出し、ひとりにしないでくだせえ、と提灯持ちも駆け出した。

しばらくすると、倒れていた大黒屋庄左衛門がむくっと起きあがった。

そして、駕籠たちが走り出した反対側に向かって駆け出した。最初に斬られた用心棒は倒れたままであった。


「見事な太刀捌きであったな」

「はい」

家斉は美月の初辻斬り成敗を、遠めがね越しに見届けていた。

美月が姿を見せる場所はあらかじめわかっていたため、そこがよく見える場所から見届けていた。

「しかし、早翔の変装もたいしたものだ。よは大黒屋が斬られたとしか思えなかったぞ」

「はい」

茜は返事をするだけだ。隣には商人のなりをした家斉がいる。ふたり並んで、屋根瓦《やねがわら》の上でうつ伏せになって、遠めがねで高岡美月の太刀捌きを見ていた。

茜も黒装束ではなく、町娘のなりをしていた。動きづらいが、江戸ではこういった姿で任務を果たすことも多くなるだろう。慣れなければならない。

「では、上様、城に戻りましょう」

「そうであるな」

と、家斉が遠めがねを置き、茜を見た。

その刹那、目の色が変わった。

屋根瓦の上でうつ伏せになったまま、茜に手を伸ばしてきたのだ。

「上様……」

顔をぞろりと撫《な》でられた。

「乳を見せろ」

と、家斉に言われた。

「はっ」

上様の命は絶対である。ここは屋根瓦の上だから見せられません、とは言えない。往来であっても、上様が乳を見せろと言われれば、茜は乳房を出すしかない。

茜は上体を起こすと、帯を解いた。前をはだけるなり、いきなり乳房があらわれた。できるだけ動きが鈍くならないようにと、小袖の下にはなにも身につけていなかった。

いきなりあらわれた乳房を見て、家斉が目を輝かせる。

「ほう、見事な乳房だ。美形なうえに、よい乳を持っている。早翔のおなごなのか」

「いいえ」

そうか、と言いつつ、家斉が茜の乳房をつかんできた。その刹那、思わぬことが茜の躰に起こった。

快美な痺《しび》れが胸もとから手足の先まで走ったのだ。

茜は甘い喘《あえ》ぎが洩れるのをこらえた。

家斉はもう片方の乳房もつかんできた。ふたつのふくらみをこねるように揉んでくる。

さすが大奥に入りびたっている上様だ。おなごの扱いに長《た》けている。

「ああっ、上様……」

茜はこらえきれず、甘い喘ぎを洩らしていた。

美月が大黒屋を斬ると聞いて、すぐに早翔は行動に移った。

大黒屋の使用人である真由の信頼を受けている隆之介に橋渡しをしてもらい、

主の庄左衛門に代わって、変装した早翔が斬られる話を持っていった。命を狙われていると聞いて真っ青になった庄左衛門は身代わりの件を承諾した。身代わりの早翔が世直し辻斬りに斬られたのと同じころ、真の庄右衛門は御付の者とともに、品川《しながわ》を抜けていた。世直し辻斬りの騒動が収まるまで、しばらく箱根《はこね》でひっそりと暮らすという。

葬式はあげないことになっていた。主が世直し辻斬りに斬られたとあっては、商売にさしさわるということで、内緒にしているという体を装うことにした。

早翔は真正面から斬られる手はずとなっていた。血飛沫が大量に散ったが、あれくらいがよいだろう。美月が乳房に浴びることになっているから、本物の血を用意していた。

用心棒は真に斬ることになっていた。用心棒が強かったら、それはそれで迫力が出てよいと思っていたが、存外たいした腕ではなかった。というか、美月の太刀捌きが鋭かったと言ったほうがよいか。

庄左衛門とは夕食をとった料亭で入れかわった。変装は早翔が得意とするところである。一連の計画を家斉に話すと、とうぜんのこと、家斉は美月の世直し辻斬りを見たいと言い、茜をつけることにした。

茜は御前様を見逃すという失態を犯したが、家斉は茜を気に入るだろう。今ごろ、もう乳房を揉まれているかもしれない。そうなれば、失態も帳消しとなる。

七

「あ、ああ……」

血飛沫を浴びた乳房を揉みしだかれ、美月は猪牙船の上で身悶《みもだ》えている。

そんな美月を夏鈴と麗乃が熱い目でじっと見ている。世直し辻斬りで成敗したあと、躰がたまらなくうずくことを身をもって知っているからだろう。

源一郎がふたたび唇を奪ってきた。こたびはぬらりと舌を入れてくる。

「あう、うう……」

美月は舌をからめていた。からめずにはいられなかった。

成敗、と早翔の変装した大黒屋庄右衛門を斬ったとき、どろりと蜜があふれたのを感じた。一瞬、躰が真っ白になった。

「夏鈴、脱がせろ」

と、源一郎が命じる。はい、と返事をした夏鈴が、美月の下半身から黒い野袴を脱がせていく。

瞬く間に、おなご下帯が食い入った恥部があらわれる。この日のために、夏鈴が用意してくれたのだ。

おなご下帯は割れ目に食い入っていた。それを夏鈴がつかみ、引きずり出す。

「あうっ、うんっ」

おなご下帯はけっこう食い入っていて、肉の襞《ひだ》とともに引きずり出される。

「女陰のぐあいはどうだ」

と、源一郎が問う。

「どろどろです」

と、夏鈴が答える。

「ああ、恥ずかしいです……」

「いや、それでよいのだ、美月。真に世直し成敗をした証《あかし》だ。そこが濡れていなかったら、紛いものの成敗と見なすところであった」

濡らしてはしたないと思ったが、これでよかったのか。むしろ、濡らさなかったら、庄右衛門が偽物だと疑われていたかもしれない。

源一郎がしゃがんだ。おなご下帯を取られた割れ目をなぞってくる。

「あ、ああ……」

足ががくがくと震える。

源一郎がおさねを舐めあげてきた。

「はあっ、あんっ」

ちょっと舐められただけで、快美な火柱がおさねから噴きあがった。

源一郎はおさねを口に含むと、吸ってくる。

「あ、ああ……あぁっ……」

夏鈴や麗乃に見られていると思うと、たまらなく恥ずかしかったが、たまらなく感じてもいた。

源一郎が割れ目をくつろげていく。

「おう、これはなんと」

と、感嘆の声をあげる。

「生娘であったか」

清楚《せいそ》な花びらが大量の蜜まみれとなっている。それが月明かりを受けて、誘うようにきらきら光っている。

「素晴らしい女陰であるな」

と言うと、源一郎がぞろりと花びらを舐めてきた。

「あぁっ」

美月は歓喜の声をあげていた。

源一郎がぞろりぞろりと舐めてくる。すると、ぴちゃぴちゃと蜜を弾く音が股間から洩れてくる。

「すごい量であるな。舐めても舐めても湧《わ》いてくるぞ」

源一郎が顔を引いた。口のまわりが美月の蜜でぬらぬらとなっている。

それを、すうっと顔を寄せた夏鈴がぺろりと舐める。

「あっ……」

と、美月は声をあげていた。夏鈴に花びらを舐められたような錯覚を起こしたのだ。

「生娘であるが、おなごとしてはかなり開発されているようであるな。どういうことだ」

「私には許婚がおります」

「そうか。なぜ、許婚は花びらを散らさないのだ」

「それは、浪人中だからです」

「ほう、浪人の身では美月の花びらを散らす資格はないと考えておるのだな」

「はい」

「よき許婚ではないか。そのおかげで、御前様に進呈できるというものだ」

「御前様に……」

「まあ、御前様が受けとるかどうかはわからないがな。お若いが、なかなかの人物で、身辺には格段気をつけておられるのだ」

御前様に進呈されるなら、素顔の御前様を見ることができる。むしろ、進呈してほしい。

「御前様とお会いできますか」

「そうであるな。見事、成敗を果たしたわけであるし、生娘であるなら、ぜひとも会わせたいが、どうであるかな」

源一郎は割れ目を開いたまま、話しつづける。

ずっと花びらがあらわになっていて、たまらなく恥ずかしい。それでいて、成敗で火照った躰はずっとうずいている。

「ただ、この前、辻斬りの稽古に姿を見せられ、剣術まで披露されたのには、ちと驚いた。美月に興味があるのかもな」

と言うと、ふたたび花びらに顔を埋めてくる。あらたな蜜であふれる女陰を舐めてくる。

「あぁっ……」

美月は躰を震わせる。今、ここで源一郎が入れようとしてきたら、拒めない気がする。が、源一郎は入れてはこないだろう。御前様に生娘の花びらを進呈するために。

「わしも脱がせろ」

と、源一郎が夏鈴に命じる。

「魔羅をお出しになるのですか」

膝立ちの夏鈴が案じる。

「入れはせん。しゃぶってもらうだけだ。その許婚に尺八《しゃくはち》はしているのであろう、美月」

「は、はい……」

「やはりな。生娘の花びらは散らさずとも、尺八で出さないと躰が持たぬであろう」

「そういうものですか」

と、美月は源一郎に聞く。

「そういうものだ。いくら美月の許婚が強靫《きょうじん》な精神力の持ち主であっても、たまるものはたまるからな」

その間に、夏鈴の手で前がはだけられ、下帯が取られた。

弾けるように魔羅があらわれる。天に向かって反っていく。

それを見て、夏鈴と棹を差している麗乃が熱いため息を洩らす。

と同時に、美月も火の息を吐いていた。

そして源一郎が命じるよりはやく、猪牙船の船底に膝をついていた。

魔羅が迫る。生唾を飲みこむ。

すぐさま、しゃぶりついていった。美月の口の中に、瞬く間に源一郎の魔羅が吸いこまれる。

「おうっ、激しいな、美月」

源一郎がうなる。美月の口の中で、さらにひとまわりたくましくなる。これが欲しい。女陰に欲しい。が、御前様に進呈するつもりでいる源一郎が、美月の生娘の花を散らすことはないだろう。

絶対ないとわかっているから、欲しいと思うのかもしれない。

隆之介を裏切ることはできないから、欲しいと女陰がたまらなくうずくのかもしれない。

「うんっ、うっんっ」

女陰で感じることが叶《かな》わないのであれば、せめて喉で男の息吹《いぶき》を感じたい。喉で源一郎の精汁を受けたい。

「ああ、たまらぬな」

源一郎が美月の口から魔羅を引いた。そしてすぐさま棹を差す麗乃を引きよせると、唇を奪い、帯を解いた。前がはだける。

麗乃は小袖の下に、なにも着ていなかった。こうして美月の代わりに抱かれることを想定していたのか。

源一郎は猪牙船に立ったまま、真正面から麗乃の女陰に、美月の唾まみれの魔羅を突き刺していった。

「あぁっ」

一撃で、麗乃が歓喜の声をあげる。

源一郎が美月の成敗を見て、たくましくなった魔羅をずぶずぶと麗乃に突き刺している。

「あ、ああ……欲しい……」

思わず、そうつぶやく。

「夏鈴、おまえも女陰を出せ。ひとつの穴では足りぬ」

源一郎が麗乃に入れたまま、そう命じる。夏鈴ははいと返事をすると、すぐに小袖を脱いでいく。こちらも小袖の下にはなにも身につけていなかった。

夏鈴が全裸になると、源一郎はすぐさま麗乃から魔羅を抜き、夏鈴に入れていった。

「いいっ、お頭っ」

夏鈴の声が大川に響きわたる。

それから、源一郎は麗乃と夏鈴の女陰を交互に突いていった。麗乃と夏鈴は泣き声を競い合った。

美月は女陰をどろどろにさせつつ、見せつけられるだけであった。

第四章　おなごの秘技

一

老中首座、水野忠成の屋敷。

その書院に、高岡美月、豊島隆之介、権堂矢十郎、藤乃が並んで座していた。

そして側用人の成川徳之進がいつもどおり美月の真横に、美月の横顔を眺める向きで座していた。

羽織袴《はおりはかま》の男が姿を見せた。みな、平服する。

平服しつつ、美月はちらりと成川のほうを見る。成川は平服していなかった。頭を下げている美月のうなじを凝視している。

やはり、成川徳之進はたんなる側用人ではない。主《あるじ》が姿を見せたのに、頭を下げないのはありえない。やはり、老中首座より上の者ではないのか。

老中首座より上の者……上様しかおられない。

この美月のうなじをじっと見ている男が上様。

ありえなさそうで、ありえる気がした。

「上様よりの下知を伝える」

と、忠成が言った。

はっ、と平服したまま、四人は返事をする。

「今、世直し辻斬《つじぎ》りと名乗り、悪徳商人を成敗している輩《やから》がいる。暴利を貪《むさぼ》る悪徳商人を成敗するのは構わぬ。ただ、この先、世直しの機運が大きくなるのは、よくない。そうであろう」

「はっ」

と、成川が返事をして、四人もつづけて返事をする。

「高岡美月には世直し辻斬りに潜入してもらい、御前様に近づく命を下していた。実際、相手の信用を得るために成敗を果たした。まあ、斬られたのは早翔《はやと》であるが」

と言って、忠成が天井を見る。

「見事な太刀《たち》捌《さば》きであったと聞いておる、美月」

「はっ」

と、美月は返事をする。

「成敗を果たし、信用を得たと思ったが、御前様は慎重な男で、美月には会わぬと言ってきた。御前様は老中経験者で年配の者だと思っていたが、こたびの御前様は若いらしい。そうであるよな、美月」

「はい。大刀を交えましたが、かなりできる御方《おかた》でした」

と、美月は答える。

「それで、美月だけではなく、ほかのみなにも陰働きをやってもらいたいとの下知が出た」

はっ、とほかの三人が返事をする。

「美月はこのまま潜入をつづけるが、豊島隆之介、権堂矢十郎、そして藤乃の三人は、それぞれ別の方法で御前様が誰なのかを暴いてほしい。よいな」

はっ、と四人が返事をする。

水野忠成が下がった。

「美月どのだけ、こちらへ」

と、成川が隣の座敷に来るように、美月に言った。

美月だけ残り、ほかの三人は下がった。

美月は書院の隣の座敷で、成川と向かい合った。

「辻斬り成敗、見事であった」

「ご覧になられていたのですね」

「水野様に知らせるために、わしが水野様に代わって、見届けていたのだ」

「そうですか……では、乳も……」

「血飛沫《ちしぶき》を浴びた乳は……たいそう……そそられ……いや、たいそう痛々しかったのう」

成川が美月の胸もとを見つめている。美月は今日も小袖《こそで》に袴をつけていた。漆黒の長い髪は背中に垂らし、根元を結んでいる。

胸もとはおなごらしく高く張っている。

じかに乳房を見られているようで、美月は躰《からだ》を火照らせた。

「それで、あのあと、どうしたのだ」

「見届けたお頭《かしら》が乗った猪牙《ちょき》船《ぶね》で去りました」

「そうか。それで」

「それだけ、です……」

成川にじっと見られ、美月は言いよどむ。

もしかして成敗のあと、美月をつけて、掘割での恥態を成川に見られていたかもしれないと思ったのだ。

「真《まこと》にそれだけか……」

「成敗を果たして、昂《たかぶ》っていました」

「それで」

「お頭に唇を……」

「唇を」

「猪牙船の上で、奪われました……」

「なんと。もちろん、すぐに拒んだのであるな」

「いいえ……成敗したことの躰の昂りは想像以上で……躰がとろけて、乳を揉《も》まれると……」

「なにっ。乳を揉ませたというのかっ。血飛沫を浴びた乳をっ」

と、成川が声を上擦らせる。

「申し訳ありませんっ」

「それはわしにではなく、許婚《いいなずけ》である豊島隆之介に謝ることであるな」

美月は、お頭とのことは隆之介に話していない。

「乳を揉ませて、それで終わりであるよな」

成川がじっと見つめている。なにもかも見透かしているような目だ。たんなる側用人ではないこの男にうそはつけないと、美月は思った。

「いいえ……」

「終わりではないのかっ」

「お頭が夏鈴に脱がせろと命じて……それで、下の黒い野袴を脱がされました」

「逆らわなかったのかっ」

「お頭には逆らえません」

「それで」

「おなご下帯も脱がされました。割れ目に食いこんでしまっていて……恥ずかしかったです」

夏鈴の手で割れ目から剝《は》ぎとられたときのことを思い出し、美月は股間をうずかせる。

「おなご下帯っ。それはなんだっ」

と、成川がそこに食いついてきた。

「おなごの割れ目だけを隠す、手作りの下帯です」

「なんとっ。そのようなものがあるのかっ」

成川でも知らないことがあるようだ。美月自身も、この前、はじめて知ったのだが。

「はい。ございます。おなごの剣客が動きやすいようにと、割れ目だけを隠す下帯を作っているのです」

「ほう、それはそれは……見たいな」

と、成川がつぶやく。

「そのおなご下帯を脱がされて、どうなった」

「お頭に女陰《ほと》のぐあいを調べられました……」

あのときのことを思い出し、美月は成川の前であったが、火のため息を洩《も》らす。

正座をしていたが、尻に触れている踵《かかと》をもぞもぞさせている。

「なにゆえだ」

「真に成敗したかどうか、女陰の濡れぐあいでわかるそうなのです。濡れていなかったら、紛いものの成敗だとして斬られました」

「なんと……濡らしてよかったのか……」

「はい……」

「それで」

さらに成川は聞きたがる。

恐らく、お頭とまぐわったのかどうか知りたいのだ。

「まぐわってはいません」

と、美月は言った。

「真か。それほど昂っていて、まぐわわなかったのか」

「お頭は魔羅《まら》を出しました。私はそれをしゃぶりましたが……」

「しゃぶっただとっ」

と、成川が大声をあげる。

「はい。でも私が生娘《きむすめ》だとわかると、御前様に進呈すると言って、お頭は夏鈴と麗乃の女陰に入れたのです」

「御前様に進呈か。しかし、御前様は会わないと言っているのであるよな」

「はい」

「ううむ」

成川がうなっている。生娘の花びらを進呈されるというのに、会わないと言っている若き御前様のことがよく理解できないのだろう。

「とりあえず、なにごともなくてよかった。そなたの生娘の花びらは、もうそなただけのものではないのだ」

「はい」

「上様にさしあげるもののゆえ、大切にするのだ」

「はっ」

と、美月は成川に向かって頭を下げた。

ふと、上様に頭を下げている気がした。

二

「矢十郎どの、ちと話がある」

水野忠成の屋敷を出る直前、駕籠《かご》に乗りこむ前に、隆之介がそう言ってきた。

珍しいことだが、藤乃がずっと色目を使っていて、矢十郎はそちらを優先しなければならぬと思っていた。

「そうか。ただ、藤乃とそのな……そのあとでよいか」

駕籠に乗りこむ藤乃を見やる。ちょうど足をあげたときで、小袖の裾《すそ》があがり、ふくらはぎがあらわになった。

その眩《まぶ》しいほどの絖白《ぬめじろ》さに、矢十郎の魔羅がうずく。

「ああ、気がつかなくて……申し訳ない……では、のちほど」

と、隆之介が言った。

「不忍池《しのばずのいけ》の出合茶屋《であいぢゃや》にやってくれ」

と、矢十郎は駕籠かきに告げた。

駕籠かきは意外そうな顔をしたが、へい、と返事をした。


不忍池で駕籠を降り、出合茶屋の部屋に入るなり、藤乃がすぐさま抱きついてきた。唇を重ねてくる。貪るような口吸いとなる。

矢十郎は舌をからめつつ、身八口《みやつくち》より手を入れて、たわわな乳房をつかむ。

「ううう……ううう……」

火の息が吹きこまれてくる。

久しぶりの藤乃の乳房であった。久しぶりとはいっても、十日ぶりくらいか。

けれど、用心棒をやる前は毎晩まぐわっていたから、やはり久しぶりだ。

唇を引くと、藤乃は矢十郎の帯に手をかけた。

着物を脱がせると、すぐさま下帯も脱がせる。

弾《はじ》けるように、魔羅があらわれた。

それを見て、藤乃がなぜかほっとした表情を見せる。

そしてすぐさま、魔羅にしゃぶりついてきた。一気に根元まで咥《くわ》えたが、急いで咥えたためか、むせたようで、唇を引くと、ごほごほと咳《せき》をした。

「そんなにあわてるな、藤乃。魔羅は逃げはせぬ」

「そうかしら。もう半月も放《ほう》っておいて。もう一生、抱いてくださらないのかと思いましたよ」

と言うなり、ふたたび咥えてくる。またも、一気に根元まで咥えこんでくる。

そしてぐっと頬《ほお》を窪《くぼ》め、吸いあげてくる。

「うんっ、うっんっ、うんっ」

妖《あや》しい美貌《びぼう》が上下する。唇から魔羅があらわれ、吸いこまれ、またあらわれる。

瞬く間に唾《つば》まみれだ。

藤乃が矢十郎の魔羅をまさに貪り食っている。

しかも、しゃぶりつつ、自ら帯を解《ほど》き、脱いでいく。

小袖を脱ぐと、いきなり白い肌があらわれる。肌襦袢《はだジュバン》は着ていなかった。水野忠成に会ったあと、こうして、まぐわうつもりでいたのだろう。

陰働きの下知のために、四人を呼び出した水野忠成に感謝しているかもしれない。

藤乃はさらに腰巻も脱いでいく。その間も片時たりとも、口から魔羅を放さない。放すと、どこかに消えてしまうことを恐れているようにも見える。

「ああ、ください……もう、この魔羅を藤乃の女陰に入れてください」

裸になり、ようやく魔羅を吐き出すと、今度はつかみ、しごきつつ、藤乃がそう言った。

「よかろう。どちらから欲しいか。前かうしろか」

「うしろからで……」

と言うと、藤乃は四つん這《ば》いになる。部屋は続き間になっていて、襖《ふすま》の奥に布団が敷いてある。が、そこまで行かず、畳にじかに四つん這いになっている。

藤乃がむちっと熟れた双臀《そうでん》をさしあげている。夜ごとまぐわっている、山崎屋金左衛門の後妻の花奈の尻もかなりそそったが、長峰藩主にかわいがられていた藤乃の尻も、我が妻ながらやはりそそる。

　藤乃の唾まみれの魔羅が天を向く。

　矢十郎は尻たぼをつかむと、ぐいっと開き、見事な肉の刃《やいば》を、うしろより突き刺していく。藤乃の女陰はすでにどろどろで、なんの愛撫《あいぶ》もせずとも、ずぶりと入っていった。

「いいっ」

　と、一撃で藤乃が歓喜の声をあげた。

　矢十郎はずどんずどんと最初から飛ばす。

「いい、いい、いいっ」

　抜き挿しするたびに歓喜の声をあげ、背中を反らせている。

　矢十郎は手を伸ばすと、髷《まげ》をつかんだ。弓なりになった藤乃をうしろ取りで突きまくる。

「ああ、もう、もう、気をやりそうですっ」

「はやいな」

「ああ、はやくはありませんっ。半月……ああ、待っておりましたっ」

　半月ぶりの魔羅に、藤乃は乱れに乱れた。

つづけて三度気をやらせ、そしてとどめの精汁を放つと、藤乃は気を失った。

矢十郎は駕籠かきの酒代をあぶら汗まみれの藤乃のわきに置き、着物をつけ、腰に一本差すと、出合茶屋を出た。

その足で浅草《あさくさ》へと向かう。浅草の小料理屋に隆之介が待っている。

暖簾《のれん》をくぐると小女が、お二階でお待ちです、と言う。矢十郎は狭い階段をあがると、突き当たりの部屋の前で、

「矢十郎だ」

と言った。どうぞ、と声がかかり、矢十郎は襖を開く。

隆之介がひとりで冷や酒を飲んでいた。お猪口はふたつあり、ひとつに隆之介が冷や酒を注《つ》いだ。ごくりと飲むと、

「山崎屋か」

と聞いた。

「さすが、矢十郎どの。私の考えなどお見通しですね」

と言った。

「おぬしが考えているとおり、恐らく近いうちに、山崎屋は世直し辻斬りに狙《ねら》わ

れるだろう。相手は、わしが乳房に傷をつけたおなごだ」

「はい」

「唯一、世直し辻斬りをしくじった相手がわしだ」

「そうですね」

「美月どのも相手が早翔とはいえ、見事な太刀捌きを見せたからな」

と、矢十郎が言う。


隆之介はうなずく。

あの場に、隆之介も矢十郎もいた。大木の陰から見守っていた。

般若《はんにゃ》の面をつけ、黒合羽《くろガッパ》姿で往来にあらわれた美月を見て、隆之介は昂った。

黒合羽を取り、乳房を見せた姿は美しく、神々しくもあった。

そして見事用心棒を斬った美月を見て、隆之介は男というより、同じ剣客としての血が騒いでいた。

わしも剣の腕を生かしたい。剣の腕を生かして、陰ながら上様のお役に立ちたい。

世直し辻斬りで唯一しくじっているのは、矢十郎を相手にしたおなご。必ず、また矢十郎を狙ってくると思った。

そのとき隆之介も加勢して、そのおなごを斬らずに捕らえ、御前様の正体を暴こうと考えたのだ。

「そのおなごを生け捕りにして、御前様の正体を吐かせようぞ」

楽しみだ、と言うと、襖を開き、下に向かって、

「酒だっ」

と、矢十郎が叫んだ。

三

翌日。

今宵《こよい》から隆之介も山崎屋の用心棒を務める矢十郎を見守ることにした。表立ってではなく、陰から見守り、おなご辻斬りがあらわれたら加勢することになっている。

斬るのは容易であるが、生け捕りとなると難しいのだ。しかも、恐らく見届け

人がいるはずだ。おなご辻斬りが生け捕りにされそうになったら、見届け人が助けにはいるはずだ。

その相手は隆之介がすることとなっている。見届け人は恐らく頭だ。かなりの遣い手であろう。

昼間は変わらず日傭取《ひようとり》として働いた。日が暮れて、権兵衛長屋に帰る途中で、隆之介は廃寺に寄った。真由を旗本奴《はたもとやっこ》から助けた寺だ。

隆之介は境内に入ると、腰から大刀を抜いた。

まっすぐ宙を見つめ、上段に構えると、振りはじめた。しゅっしゅっと空気を切り裂く。腕は鈍っていない。が、こたびの相手は旗本奴たちとはまったく違う。心してかからなければ、命がない。

熱くなってきた。隆之介は諸肌《もろはだ》脱ぎとなった。剣の稽古《けいこ》よりも、このところは荷積みで鍛えられた上半身があらわれる。

胸板も二の腕もぱんぱんに張っている。たくましい躰だ。

隆之介は諸肌脱ぎで素振りをつづけた。

「豊島様」

と、声がかかった。隆之介は素振りをやめ、声のほうを見た。真由であった。

隆之介は大刀を鞘《さや》に戻し、

「大黒屋庄右衛門は無事、箱根についたかな」

と聞いた。

「はい。おかげ様で。これもすべて豊島様のおかげです」

と、真由が深々と頭を下げる。

「わしはなにもしておらぬ」

「いいえ。豊島様がおられなかったら、主は斬られていました。今ごろはあの世に……」

と、つぶらな瞳に涙を潤ませる。

「あの……」

と言って、真由が隆之介を見つめる。

「なんだ」

「あの……あっ、汗が……」

と、懐から手ぬぐいを出すと、真由が近づき、胸板から腹筋に流れる汗を拭《ぬぐ》う。

「たくましい躰……」

とつぶやくと、真由がじかにぶ厚い胸板に触れた。乳首をなぞられ、隆之介はぴくっと上体を動かす。真剣を振って、汗をかいて、隆之介の躰は昂っていた。

「ああ……」

ため息を洩らしつつ、真由は胸板をなぞりつづける。

また乳首を手のひらでなぞられ、隆之介はぴくぴくと反応してしまう。

「あの……お礼をさせて、ください……」

と言うなり、真由は胸板に愛らしい顔を埋《うず》めてきた。乳首を唇に含むと、ちゅっと吸ってくる。

「あっ」

不意をつかれ、隆之介は不覚にも声をあげてしまう。

その声を了解と受けとったのか。真由はちゅうちゅうと強く吸ってくる。と同じに、鍛えられた腹筋をなぞってくる。

「ああ……」

腹筋などで感じるはずがないのに、隆之介はまたも反応してしまう。

真由は右の乳首から顔を引くと、すぐに左の乳首に吸いついてきた。そして、唾まみれの右の乳首をこりこりところがしてくる。

「真由さん……いけない……このようなことは……ああ、いけない」

反応しつつも、隆之介はそう言う。反応しているから、あせっているのだ。このままだと理性をなくしてしまいそうだ。

真由が隆之介を見あげた。半開きの唇が唾で絖っている。

それを見た刹那《せつな》、隆之介は真由の唇を奪っていた。

すると、真由は待ってましたとばかりに舌を入れてきた。

「ううんっ、うっん、うんっ」

お互いの舌を貪るような口吸いとなる。

真由の唾は甘かった。つい、貪ってしまう。いかんと思ってもからめてしまう。

真由が帯を解きはじめた。

前が大きくはだけ、下帯があらわになる。それも脱がそうとしている。

「ならんっ」

と拒んだが、真由は構わず下帯を脱がす。魔羅があらわれた。真由に向かって、反り返っていく。

「ああ、豊島様……」

真由が魔羅をつかもうとした。

「ならんっ」

と、あせった隆之介は、思わず真由を強く押していた。

あっ、と真由が倒れていく。地面で頭を打つ。

「真由さんっ」

隆之介はしゃがみ、真由をのぞきこむ。

真由が瞳を開いた。大丈夫のようだ。二重三重の落ち葉で衝撃がやわらいでいたのだろう。

真由がしがみついてきた。

「おなごとしての魅力はないですか」

と聞く。

「いや、そのようなことは……」

「許婚がいらっしゃることはわかっています。一度だけ……お礼なんかではなくて……一度だけ……真由を……」

そう言いながら、魔羅をつかんできた。

「ああ、なんとたくましい魔羅……ああ、これは真由と口吸いをして……たくましくなさったものですよね」

「そ、そうだ……」

「うれしいです……真由、うれしいです、豊島様っ」

真由がしがみついてくる。

隆之介は真由を起こした。真由の愛らしい顔が迫ってくる。隆之介はまた真由の唇におのが口を重ねていた。

「うんっ、うんっ」

真由は舌をからめつつ、こたびは魔羅もしごいてくる。

いかん。これはいかん。

隆之介は真由を突き放そうとするが、できない。

その間に、真由が自ら帯を解き、前をはだけた。肌襦袢があらわれる。

「なにをしているっ。ここは寺の境内であるぞ」

隆之介は山門に目を向ける。夕暮れどき、往来に人の姿はない。

小袖を脱いだ真由は、肌襦袢の前をはだけた。

乳房があらわれる。一度、揉んでいる乳房だ。

「なにをしている。ならん、ならんぞっ」

真由は立ちあがると、本堂に向かって駆け出す。

肌襦袢の裾がまくれ、白いふくらはぎがあらわになる。

真由は駆けながら、肌襦袢も下げていった。

隆之介の前に、腰巻だけの真由の躰があらわれる。

白い華奢《きやしや》な背中に、腰巻からあらわな白い足。

隆之介は真由を追っていた。

追ってはならんっ、とわかっていて、追っていた。

真由が本堂の階段の前でこちらを向いた。

たわわな乳房が上下に揺れている。それが夕日を浴びて、赤く染まっている。

「真由……」

隆之介はずっと勃起させていた。勃起させた魔羅を揺らし、真由に迫っていく。

真由が本堂の中に消えた。

隆之介も階段をあがり、中に入った。するとすぐさま、ぱくっと魔羅を咥えられた。真由は出入口のわきにひざまずいていた。

一気に根元まで咥えられ、隆之介は動けなくなる。

「う、うう……」

真由は根元まで咥えたまま、吸ってくる。

「あ、ああ……真由さん……ならん……ならんのだ」

言い訳しているに過ぎない。真にならん、と思うのなら、真由の口から魔羅を引き抜き、立ち去ればよいだけだ。

なにも刃物を突きつけられているわけではない。

「うんっ、うっんっ、うんっ」

真由の愛らしい顔が上下に動く。

「あ、ああ……」

隆之介はくなくなと腰をうねらせる。尺八《しゃくはち》は美月しか知らない。同じ尺八でも、おなごが変われば感じかたも変わる。

真由は尺八をしつつ、腰巻も自ら脱いでいく。大胆なおなごだ。

立ちあがった。隆之介は真由の細い腕をつかむと、抱きよせる。反り返った魔羅がお互いの躰に挟まれる。

真由が裸体を上下に動かす。

すると唾まみれの魔羅が躰でこすれ、得も言えぬ快感を呼ぶ。

「はあっ、ああ……あんっ……」

「ああ、ああ……」

真由と隆之介の喘《あえ》ぎ声が、廃寺の本堂に流れる。

廃寺は真っ暗ではない。無数に空いた節穴から、夕日が射《さ》しこんでいる。

それが真由の裸体を赤く染めている。

真由が埃《ほこり》の積もる板間に仰向《あおむ》けになった。たわわな乳房がゆったりと揺れた。

乳首はすでにつんとがっている。

四

「豊島様、おねがいがあります」

「なんだ」

声が上擦っている。

「真由の女陰を舐《な》めてください。お武家様に、一度でいいから舐められたいのです」

そう言うと、両膝《りょうひざ》を立てた。そして、開いていく。

真由の恥毛は薄かった。おなごの割れ目は剝《む》き出しだ。そこにちょうど夕日が当たり、そこだけ浮きあがって見える。

隆之介は引きよせられるように板間に膝をつき、真由の恥部に顔を寄せていく。

すると、甘い薫りが鼻孔をくすぐった。閉じた割れ目からにじみ出ている。女陰からの匂いか。

隆之介の魔羅がひくひく動く。真由は吸っていたが、はやくもあらたな先走りの汁がにじみはじめていた。

「今日だけ、今日だけ、真由を……豊島様のおなごにしてくださいませ」

そう言うと、真由が自らの指で割れ目をくつろげはじめる。

隆之介の前に、真由の花びらがあらわれる。夕日を浴びた女陰は、どろどろに濡れていた。生娘ではなかった。すでに男を知っている女陰だと思った。

そうでなければ、これほど大胆に迫ってはこないだろう。

美月の花びらとは違っていた。一度も精汁を浴びていない女陰は清廉な匂いがした。が、真由の女陰は違う。どろどろの花びらは誘っていた。入れて、と誘っていた。

見ていると、ふと入れたくなる。この穴に勃起した魔羅を収めたくなる。それが男とおなごの正しいありようのように感じる。

「舐めてください」

ずっと見ていると、入れたくなる。入れないために、舐めることを選んだ。

言い訳のような気もしたが、このまま見ていると真に入れてしまいそうだった。

隆之介は真由の股間に顔を寄せていく。発情したおなごの匂いが、顔面を包んでくる。

「ああ、真由っ」

と、名を呼び、顔を埋める。鼻に蜜《みつ》を感じる。そのまま、ぐりぐりとこすりつけていく。

「ああ、豊島様……」

蜜がさらにあふれてくる。

隆之介は舌を出すと、真由の女陰を舐めはじめる。

「あ、ああ……ああ……」

すぐさま、真由の下半身ががくがくと震えはじめる。

真由の蜜は甘かった。濃厚な甘さだ。愛らしい顔からは予想できない、熟れたおなごの味がした。

「ああ、どうですか、真由の蜜は」

と、真由が聞く。味には自信があるのか。

「うまい、うまいぞ、真由」

「ああ、うれしいです。豊島様に喜んでいただけて、真由、幸せです」

隆之介は貪るように、真由の花びらを、蜜を舐めていく。

わずかに顔をあげて、女陰を見る。穴が開いている。当たり前だ。当たり前だが、その穴が蠢《うごめ》いている。

間近で見ていると、また無性に入れたくなってくる。

ならんっ、ならんぞっ。すでに、美月を裏切っているのだ。これ以上の裏切りはゆるされない。

しかし、割れ目まで開いて誘っている真由をこのままにして立ち去れるのか。

真由の気持ちを思ったら、できない。

いや、ここは鬼になるのだ。

「入れてください。真由、女陰で豊島様を感じたいんです」

女陰が誘っている。いや、真由の裸体が誘っている。

「真由っ」

隆之介は起きあがった。そして真由の顔を跨《また》ぐと、しゃがんでいった。

下の穴はだめだが、上の穴ならゆるされるのでは、と真由の口に入れていく。

「あう、うう……」

真由は一瞬、驚いた顔をしたが、そのまま隆之介の魔羅を口で受けとめている。隆之介はそのまま真由の喉を突いていく。とにかく穴に収めておけば、女陰に入れることはない。

「吸ってくれ」

と、隆之介は言う。真由は魔羅で口を塞がれたままうなずき、頬を窪める。

「ああ……」

と、隆之介はうめく。思わず、腰を上下に動かしはじめる。

「う、うんっ、う、うっんっ」

隆之介の魔羅が真由の上の穴を出入りする。それは真由の唾まみれとなっている。

隆之介はそのまま腰を上下させつづける。やめられなくなっていた。

「うう、ううっ、うう……」

真由はときおりつらそうな表情を見せるものの、隆之介の口責めを受けとめている。頬を窪ませ、上下に動く魔羅を吸いつづける。すると、口から涎《よだれ》が出てくる。

隆之介はこのまま出すつもりでいた。それが今考えられる最良の策だと思った。

「うう、ううっ」

真由は健気に口で受けとめつづける。

「ああ、出そうだ、真由。よいか。出してよいか」

真由は頰を窪めつつ、うなずく。

「出すぞっ、ああ、出すぞっ」

おうっ、と吠《ほ》え、隆之介は真由の喉に向けて噴射させた。どくどく、どく、と勢いよく精汁が噴き出す。

「うう、うぐぐ……うぐぐ……うう……」

真由は眉間《みけん》に深い縦皺《たてじわ》を刻ませつつも、隆之介が出した精汁を喉で受けている。射精が終わると、隆之介は我に返った。おのれの欲望だけを真由にぶつけた気がした。

あわてて魔羅を口から抜いた。大量に出したからか、精汁が真由の口からあふれてくる。

「ああ、すまないっ。わしだけが気持ちよくなって……口などに出してしまって、すまないっ」

隆之介が謝るなか、真由が上体を起こした。

そして、ごくんと喉を動かした。

「なにをしたっ。飲んだのかっ」

真由はさらに喉を動かすと、唇を開いてみせた。大量に出したはずの精汁がきれいになくなっていた。

「なんと……」

「おいしかったです。真由の中に出してくださり、ありがとうございました」

と言うと、真由から唇を押しつけてきた。精汁を受けた直後の唇だと思ったが、すでに真由の唾の味になっていた。

「許婚様のために、真由の女陰には入れなかったのですよね」

「そうであるな」

「ああ、思っていた以上に、豊島様は素敵な御方です」

女陰に入れないことで、怒るどころか、より愛情をこめた眼差《まなざ》しで隆之介を見つめている。

「女陰には入れなくていいです。でも、こうして、また会ってくださいますか。

真由のお口に何度出されても構いません」

「しかし……」

「許婚様をとても大切になさる豊島様が、ますます好きになりました。邪魔はしません。真由にもほんの少しだけ、豊島様の愛情を分けてくださいませ」

そう言うと、真由は愛らしい顔を下げて、出したばかりの魔羅にしゃぶりついてきた。

「ううっ……」

萎《な》えてきた魔羅を根元から吸われ、隆之介は腰をくねらせる。

真由の口の中で、あらたに力が漲《みなぎ》りはじめた。

五

同じころ、美月は道場に居残り、ひとり真剣を振っていた。

世直し辻斬りとして用心棒を斬り、あれからかなりときが経《た》っていたが、今も門弟相手に稽古をしていると、躰の奥が熱くなった。

その火照りを鎮めるために、真剣を振る。が、真剣を振ると、火照りが収まるどころか、もっと火照るのを感じた。

夏鈴も麗乃もこの感覚があるはずだ。だから、世直し辻斬りから抜けられないのではないか。しかも成敗したあと、夏鈴も麗乃もお頭とまぐわっている。美月の脳裏にお頭の魔羅が浮かぶ。貫かれてよがり泣くおのが姿が浮かぶ。

「ならんっ」

美月はおのが妄想をかき消すように、真剣を振る。振っても振っても浮かんでくる。

気がついたときには、日が暮れかけていた。美月は大刀を鞘に収めると、汗を流すべく井戸端に向かう。夕日が、汗ばんだ美月の美貌を照らしている。

美月は井戸から桶《おけ》をくみあげると、まわりを見た。すでに門弟たちは帰り、ひと気はない。

思いきって、諸肌を脱いだ。汗ばんだ二の腕があらわれる。晒《さらし》を巻いた胸もとがきつい。それも解放したくなる。

美月は思いきって晒を取った。すると稽古中、ずっと押さえられていた乳房が解放された喜びをあらわすかのように、ぷるるんっと出てくる。

美月は桶に手ぬぐいを浸すと軽くしぼり、乳房に当てた。汗を拭うためにこすると、とがっている乳首がなぎ倒される。

「あんっ……」

思わず、甘い喘ぎがこぼれる。

感じてしまって恥ずかしかったが、手ぬぐいを乳房より離すことができない。

そのまま乳房をこすりつづける。

「あ、ああ……あんっ、やんっ……」

ぞくぞくする快感に、美月は我を忘れる。

人の気配を感じた。

「成川様……」

こういうときあらわれるのが、成川であった。

が、違っていた。

「間垣さ、様……」

長峰藩士の間垣孝道であった。

間垣が迫っていた。まったく気がつかなかった。

乳首を手ぬぐいでこすって喘いでいる恥態を見られてしまった。

「美月どの……これは……」

「なんでも、ありませんっ」

美月は胸もとを抱き、かぶりを振る。躰がさらに熱くなっている。

「なんでもないことはないであろう。自ら乳首を……」

「違いますっ」

間垣がさらに迫ってきた。

「ま、間垣様……なにを……」

抱きつかれた。乳房を揉まれるのかと思ったが、違っていた。

「御免」

がら空きの鳩尾《みぞおち》に握り拳《こぶし》がめりこんできた。乳首こすりを見られて動揺し、隙《すき》だらけとなっていた。

もう一度、鳩尾に握り拳がめりこみ、美月はその場に膝をついた。すると、うなじに手刀を下ろされた。

「うう……」

意識が飛んだ。


手首に痛みを覚え、美月は目を覚ました。

目の前に、長峰藩主、長峰彦一郎が座していた。

美月は両腕を万歳する形で天井よりつながれていた。しかも、稽古着は脱がされていた。どこぞの屋敷の座敷の中だ。恐らく、彦一郎がこのために別邸を借りたのであろう。叫んでも無駄だろう。

彦一郎の視線は、美月の股間に向いていた。

そこには、おなご下帯が食い入っていた。

「これは、なんだ、美月」

「おなご下帯です」

と答える。おなご下帯は稽古の途中で、かなり割れ目に食い入っていた。が、痛くはない。なぜなら、女陰が潤っているからだ。おなご下帯自体も女陰の中でふやけている。

「はじめて見たぞ」

「江戸のおなごの剣客は動きやすいようにと、みなこれをつけています」

「そうなのか」

彦一郎のわきに、間垣が控えている。この座敷にいるのは、このふたりだけだ。内々で美月を攫《さら》ってきたのだ。しかし、不覚だった。あっさりと間垣に迫られ、鳩尾に握り拳を食らうとは。

間垣もおなご下帯が食いこむ股間をじっと見ている。視線を感じたのか、顔をあげた。目が合った。

するとすぐに視線をそらしたが、また美月の股間に目を向けた。

「私を捕らえて、このような姿にさせて、なにをなさるおつもりですか。私は決して、殿のおなごにはなりません」

すんだ瞳で、まっすぐ藩主を見つめ、美月はきっぱりとそう言う。

「案ずるな。おまえの生娘の花びらを散らすことはせぬ」

「真ですか」

「真じゃ。上様より、じきじきにお言葉があったのだ。高岡美月の生娘の花びらは決して散らさぬようにとな。散らしたら、我が藩はお取りつぶしとなるだろう。たかが生娘の花びら一枚だけのために、そのようなことはせぬ」

「上様が、じきじきに……」

「そうだ。参勤交代の挨拶《あいさつ》にうかがったときに、千代田の城でそう言われた。だから、おまえには手を出せぬのだ」

そう言いながら、彦一郎の美月を見る目がぎらぎらしている。上様にだめだと言われている躰ゆえに、よけい欲しくなっているのだろう。

「しかし、道場で門弟相手に竹刀《しない》を振っているおまえを見ていると、稽古着を剝いて、その躰を見たくなるのだ」

そう言うと立ちあがり、近寄ってくる。

「見るだけなら、愛《め》でるだけなら、よかろう」

彦一郎が乳房に顔を寄せてくる。すると、乳首がぴくっととがってくる。

「ほう、よに見られて感じるのか、美月」

彦一郎がさらに顔を寄せる。そして、乳首に息を吹きかけてくる。

「お、おやめください……」

息だけでも感じてしまう。さらに乳首がとがってくる。

「ああ、我慢ならんっ」

と言うなり、彦一郎が乳房をつかんできた。手のひらでとがった乳首を押しつぶすようにして、揉みしだいてくる。

「あっ、ああ……なりません……」

美月はしなやかな両腕を吊《つ》りあげられた躰を、くなくなとくねらせる。

「ああ、たまらんっ」

彦一郎はもう片方のふくらみもつかみ、左右同時に、こねるように揉んでくる。

お椀形《わんがた》の美しいふくらみが、藩主の手で淫《みだ》らに形を変えていく。

「あ、ああ……」

　ぞくぞくとした刺激を覚え、美月は甘い喘ぎを洩らしてしまう。

「感じるのか、美月。長峰城の閨《ねや》では石のようであったおまえが、両腕を縛られて感じるのか」

　彦一郎の目は狂気を帯びはじめていた。

　乳房を揉みつつ、あらわな腋《わき》のくぼみに顔を押しつけてくる。

「おう、汗だ。ああ、おなごの剣客の汗の匂いだ。ああ、たまらんっ、たまらんぞっ」

「おやめ、ください……」

　美月は救いを求めるように間垣を見る。

　間垣もぎらぎらさせた目で、藩主に腋の匂いを嗅《か》がれている美月を見ている。

　彦一郎がしゃがんだ。おなご下帯が食いこむ恥部に顔を寄せてくる。

「ああ、匂うぞ。発情したおなごの匂いがするぞ。真に生娘のままなのか、美月。あの堅物はまだ手を出していないのか」

　たまらんっ、と彦一郎はおなご下帯の食いこむ割れ目に顔面をこすりつけてくる。

「ああっ、なりませんっ、殿っ、なりませんっ」

おなご下帯と彦一郎の額でおさねをつぶされ、躰が痺《しび》れてくる。

「ああ、中を見たいぞ」

と、彦一郎が割れ目に食いこむおなご下帯を剝ぎとりにかかる。

「殿っ」

それを見た間垣が、あわてて近寄る。

割れ目から、蜜を吸っているおなご下帯が引き出される。

「殿、それを剝げば……入れたくなりますっ」

「構わぬっ」

「殿っ」

邪魔だっ、と狂気の目を見せる彦一郎が、間垣を平手で張り倒す。

そして、美月の割れ目からおなご下帯を剝ぎとった。

すぐさま、割れ目を開いてくる。

彦一郎の前に、美月の女陰があらわになる。それは穢《けが》れを知らない桃色であった。それでいながら、蜜まみれでどろどろだ。

清楚《せいそ》な花びらが、藩主を誘っている。

「ああ、なんて女陰だっ」

彦一郎は顔を埋め、ぐりぐりと花びらに押しつける。

「殿っ、花びらが散ったら、我が藩は終わりですっ」

「大丈夫だ。顔を押しつけたくらいで散りはせぬ」

「しかしっ」

彦一郎が息継ぎをするかのように、美月の女陰から顔を引いた。鼻から口にかけて、蜜まみれとなっている。とても、家臣や民には見せられない顔だ。

「間垣、おまえも見てみろっ」

と、彦一郎が割れ目を開いたまま、美月の正面を家臣に譲る。間垣が顔を寄せてくる。

「間垣様……ご覧にならないでください」

間垣の顔が寄ると、美月は急にひとりのおなごとしての羞恥《しゅうち》を覚えた。

「ああ、これは……」

と、間垣が声を失う。

またも、目がぎらついてくる。

「こんな花びらは見たことがない。穢れていないのはあきらかなのに、熟れたおなごの淫らさを感じる。こうして見ていると、なにかを穴に入れたくなってくるな」

と言いつつ、彦一郎が帯を解きはじめる。

間垣は美月の花びらを凝視していて、それに気づかない。

まずいか、と早翔は身構える。

早翔は座敷の天井裏にいた。間垣が乳を出した美月を攫い、駕籠に乗せるのを見送り、あとをつけた。

あの御前様とは違い、長峰藩は用心深くはなかった。難なく、あとをつけることができた。

万が一にも藩主が美月の生娘の花びらを散らすことはないと思い、捕らえられた美月の躰を眺めようと潜んでいたが、どうも雲行きが怪しくなってきた。

やはり生の花びらを目にすると、理性がなくなってしまうようだ。

ぎりぎりで間垣が助けるとは思うが、最悪、出ていくしかない。

早翔の前で、美月の花びらが散ったら、お終《しま》いである。

彦一郎が着物を脱ぎ捨て、下帯も取った。ぐぐっと見事な魔羅があらわれる。

「どけっ」

と、彦一郎が美月の花びらに見入っている家臣を押しやる。そこで、間垣は藩主が魔羅を出していることに気づき、

「殿っ、なりませんっ」

と、美月に迫る彦一郎の腕をつかむ。

「放せっ、間垣っ」

彦一郎の目は美月の女陰にあった。が、割れ目はすぐに閉じ、彦一郎の前から花びらが消える。

それで我に返るかと思ったが、そのようなことはなかった。

彦一郎は手を伸ばすと、自らの指でふたたび割れ目を開いていく。

「殿っ、おやめくださいっ。民のことを思ってくださいっ」

と、美月も訴える。

「おまえの女陰がいかんのじゃ。生娘のくせして、女陰でよを誘っておるではないかっ。散らして、と誘っていて、なにが民じゃっ」

彦一郎が魔羅の先端を美月の割れ目に向けていく。

「殿っ」

と、間垣が躰をぶつけていく。

藩主がひっくり返った。

「なにをするっ」

「間垣様っ、縄を切ってくださいっ」

と、美月が訴える。

間垣が美月を見る。真摯《しんし》な瞳でうなずく美月を見て、間垣は腰から大刀を抜くなり、一閃《いっせん》させた。

右手から縄が落ちていく。さらに一閃。左手も自由になった。

自由になった美月は逃げたりせずに、倒れたままの藩主に抱きついていった。

裸体を彦一郎の躰に重ねていく。たわわな乳房が胸板で押しつぶされる。

美月は裸体を重ねつつ、両足を彦一郎の太腿《ふともも》にからめ、動きを封じる。

そして、藩主の口におのが唇を重ねっていた。

「美月どのっ」

間垣が叫ぶ。

美月は藩主の下半身の動きを足で封じつつ、口吸いで上半身の動きも封じる。

「うんっ、うっんっ」

舌をからめ、唾を塗《まぶ》していく。

「うう……うう……」

彦一郎が惚《ほう》けたような顔になる。

なんてことだ。

早翔はうなる。裸体を使って相手を陥落させている。まぐわうことなく、口吸いだけで。

いつの間に、剣の腕だけではなく、おなごの秘技の腕もあげていたとは。

美月は唇を引くと、からめた足を解き、裸体を起こす。反り返る魔羅に、すぐさましゃぶりついていく。

「ああっ……たまらんっ」

美月に根元まで頬張られ、彦一郎はうめく。

うんっ、うっんっ、と悩ましい吐息を洩らしつつ、美月が藩主の魔羅を貪り食っている。

その妖しげな尺八顔に、間垣が見入っている。

「あ、ああ……ああっ……たまらんっ」

彦一郎が身悶《みもだ》えつづける。

「うっんっ、う、うんっ」

美月の美貌の上下動が激しくなっていく。

「あ、ああっ、ああっ」

彦一郎はおなごのような声をあげて、身悶えつづける。藩主の威厳もなにもない。ただの尺八に悶える野郎だ。

「ああ、出る、ああっ、出るっ」

おうっ、と彦一郎が吠えた。

凄《すさ》まじい勢いで精汁が噴き出した。美月の喉をたたく。

「うぐ、うぐぐ……」

美月は一瞬美貌をしかめたものの、すぐにうっとりとした表情を見せて、藩主の精汁を受けとめている。

「おう、おうっ」

彦一郎はなおも雄叫《おたけ》びをあげつづけ、腰を震わせている。

「殿……」

間垣は呆然《ぼうぜん》と見ている。

ようやく脈動が鎮まった。

美月はしばらくそのままでいた。そして、彦一郎の股間から美貌をあげた。

「美月……」

彦一郎は尺八で出しただけなのに、魂を抜かれたような顔で美月を見ている。

美月はごくんと喉を動かした。さらにもう一度。

「飲んだのか、美月」

美月は唇を開いて喉までさらした。大量の精汁がぶちまけられていたはずの口の中には、一滴の精汁も残されていなかった。

「これで気がすみましたでしょう。殿、参勤のお務めが終わり、藩に戻ったあとは、民のための政《まつりごと》に励んでくださいませ」

最後にちゅっと、萎えていく魔羅の先端にくちづけた。

「ああ……」

それだけで、彦一郎はまたも躰を震わせた。ぐぐっと反り返っていく。

ああ、なんて御方だ。

天井裏の早翔は柄にもなく勃起させ、気をあらわにさせていた。

が、彦一郎はもちろん、間垣も美月に圧倒されて、天井裏の忍びの気配に勘づくことはなかった。


「世直し辻斬り、江戸中の評判になっておるようであるな」

浅草の料亭。離れの上座に、隠居した武士が座していた。

松平定信である。寛政《かんせい》の改革なかばで老中の座を追われた定信は、白河藩主として藩政に専念した。そのあと家督を長男定永《さだなが》に譲り、隠居生活を送っていた。

「はい。たいそう評判になっております」

「民の評価はどうなのだ」

「ほとんどの民が、喝采を送っております」

下座で定信の相手をしているのは、寺社奉行に赴任したばかりの水野忠邦《ただくに》である。二十四歳。若くしての出世である。

「そうか。辻斬りが乳を出すのはいかがなものかと思ったが、それがよかったようであるな」

そう言うと、定信はお猪口を口に運ぶ。

「江戸っ子はそういったものが好きなんです」

「そのようであるな。あらたに老中首座になった水野忠成の政はいかん。せっかく、よの息がかかった老中たちが幕府の財政を立てなおしてきたのに、元の木阿《もくあ》弥《み》だ」

「御前様がおっしゃるとおりでございます。私も金、金、金の世を憂いております」

そう言う忠邦自身は、出世のために強烈な猟官運動をやっていた。多額の賄賂を幕閣にばらまき、若くして寺社奉行にまで出世した。

定信は忠邦の母の夫が営んでいる菓子屋風月堂《ふうげつどう》をたいそう贔屓《ひいき》にしていた。その縁で、忠邦は定信とこうして料亭の離れで夕食をともにするまでになっていた。

おなごの世直し辻斬りは、忠邦の案であった。ただ、暴利を貪っている者たちを成敗するのではなく、般若の面をかぶりつつ乳房を出して成敗すれば、江戸中の評判になると進言したのだ。

いくら世直しだと成敗しても、江戸の民の話題にならなければ意味がない。

定信は忠邦の進言を聞き、白河藩一の遣い手を世直し辻斬りの任に指名した。

荒谷源一郎である。

「忠邦、そなたの案はいつもおもしろい。常識を越えておる。これからの幕閣には、そなたのような男が必要だ」

「有難き、お言葉」

忠邦は定信に向かって、深々と頭を下げた。

第五章　色 責 め

一

四つ（午後十時頃）に、権堂矢十郎は夜道を歩いていた。札差、山崎屋金左衛門の用心棒を今宵《こよい》も務めていた。

今宵は後妻と料理屋に行った帰りである。世直し辻斬《つじぎ》りがあらわれ、実際山崎屋は狙《ねら》われていたが、それにまったく懲りることなく、夜ごと妾《めかけ》や後妻との食事に出かけていた。

矢十郎は夜ごと、花奈とまぐわっていた。すでに、花奈の夜這《よば》いが金左衛門公認のようになっていた。なぜなら、花奈のよがり声にまったく遠慮がなくなっていた。

静まり返った屋敷中に、夜ごと花奈のよがり声が響いていた。主《あるじ》の金左衛門だ

けでなく、住みこみの使用人たちも、花奈の、

「いくいく、いくっ」

といういまわの声を、夜ごと聞かされていた。それゆえか、小僧たちがよく寝坊するようになっていた。手すさびのしすぎであろう。が、それを金左衛門が叱《しっ》責《せき》することはなかった。

そろそろ、矢十郎が乳首の横に刀傷をつけた世直し辻斬りがあらわれるころだと思っていた。こたびは隆之介が言ったように、捕らえることにした。捕らえて、色拷問をかけて、御前様のことを吐かせるのだ。

あのおなご辻斬りはなんともそそる乳房をしていた。今から色拷問が楽しみである。

隆之介もそばを歩いている。往来を歩く矢十郎からは見えないが、どこかから、つけているはずだ。

おなご辻斬りひとりを生け捕りにするのなら、隆之介の助けはいらなかったが、恐らく見届け人が加勢してくると思った。その相手を隆之介に頼んでいた。

叢雲《むらくも》にかかっていた月が出てきた。

と同時に、往来に般若《はんにゃ》の面をつけ、黒合羽《くろがっぱ》をつけたおなごの剣客が姿を見せた。

「ひいっ」

と、提灯《ちょうちん》持ちの小僧が腰を抜かす。

背格好から言って、過日、矢十郎が乳房に刀傷をつけたおなごだと思った。まあ、黒合羽を脱げばはっきりするが。

「札差の山崎屋金左衛門であるな」

と、おなごが問うた。過日のおなごの声だった。

「はい。さようでございます」

と、金左衛門が答える。金左衛門はさすが悪徳商人だけあって、肝が据わっている。同じおなごだと見ると、矢十郎の相手ではないと思ったのか、余裕の返答であった。小僧だけが腰を抜かしたままだ。

花奈はというと、ちらちらと期待の目を矢十郎に送っている。今度は乳首を跳ね飛ばしてくださいね、と言われている。さすが、夫がいるのに堂々と夜這いをかけるおなごだ。こちらも肝が据わっている。

「世直し辻斬りが騒がれていて、夜遊びを自粛する輩《やから》が増えているなか、相変わらず出歩いているな、山崎屋」

般若面のおなごがそう言う。

「手前ども、なにもうしろめたいことはいたしておりせん。それゆえ逃げ隠れせず、堂々と生きております」

ほう、そこまで言うか、世直し辻斬りも舐《な》められたものだ。

「まったく心を入れかえることはなさそうであるな。今宵こそ成敗してくれる」

と叫び、おなごが黒合羽を脱いだ。

期待の乳房があらわれた。圧倒的な巨乳である。

わかっていても、往来で見る乳房は昂《たかぶ》る。ほう、とうなると、花奈がにらんだ。

やはり乳首の横に、矢十郎のつけた刀傷があった。それは痛々しくも、なんともそそるものであった。

今宵、生け捕りにして、この躰《からだ》を色責めにするかと思うと、下帯の中で魔羅《まら》がうずく。

「山崎屋金左衛門っ、天に代わって、成敗してくれるっ」

と、おなごが上段に構える。腋《わき》のくぼみの和毛《にこげ》もそそる。般若の面をつけているが、絶対によいおなごだと思われる。

「先生っ」

と、金左衛門がさっと下がる。と同時に、矢十郎は前に出ると、すらりと大刀を抜いた。正眼に構える。

「この前のおなごだな。また斬られに来たのか。次はその乳首を飛ばしてやろうぞ」

「なにっ」

おなごが斬りかかってきた。たわわな乳房を弾ませ、上段から振り下ろしてくる。

矢十郎は顔面で受けとめた。弾《はじ》き返さず、そのまま鍔《つば》迫《ぜ》り合いとなる。できるだけそばで乳房を見たかったからだ。おなごの息づかいを知りたかったからだ。きりきりと、刃《やいば》と刃が鳴る。おなごは細身であるが、力は強い。かなり鍛えているのがわかる。

おなごのほうから大刀を引いた。矢十郎はそのまま乳房を狙っていく。

おなごがさっと躰を下げる。しゅっと乳首の前を切っ先がかすめた。

「ひいっ」

と、花奈が叫ぶ。乳首を飛ばされたと思ったようだ。金左衛門に抱きついている。

矢十郎はそのままの勢いで、大刀を振っていく。ひたすら乳房だけを狙っていく。おなごの剣客の弱点は、なんといっても胸だ。男より前に出ているぶん、刃を受けやすい。

しかも、世直し辻斬りはその弱点の乳房を思いっきりさらしているのだ。ここを狙ってください、とさらしているようなものだ。

おなごは防戦一方となる。たわわな乳房がぷるんぷるん弾んでいる。

乳房は弱点だが、やはり強みでもある。どうしても戦いだけに集中できない。弾む乳房に股間がうずき、わずかに力が抜けている。このわずかな差が勝負を分ける。

矢十郎の刃が大きく空を切った。すると、おなごが反撃に出た。たあっ、と踏みこみ、斬りかかってくる。

「矢十郎様っ」

と、花奈が悲鳴のような声をあげるなか、矢十郎はぎりぎり小手を受ける。

おなごはすぐさま下から刃を振りあげてくる。

矢十郎は大きく仰《の》け反《ぞ》った。鼻の前をぎりぎり刃が通りすぎる。

二

礫《つぶて》が飛んできた。

矢十郎を狙うおなごの乳首に当たった。

「あんっ」

おなごが甘い声をあげた。隙《すき》が生まれる。

それを見て、矢十郎はすぐさま大刀を峰に返し、おなごの乳首に当てていった。

おなごはぎりぎり避けたが、矢十郎はそのまま乳の底に当てていった。

「あっ」

おなごがよろめいた。

隙を見て、乳首を峰で払った。

「あうっ」

おなごの躰が硬直した。

矢十郎は鳩尾《みぞおち》に柄《つか》を埋《うず》めた。平らな腹に痕《あと》が残るかもしれぬが、しかたがない。

いや、柄の痕もそそるかもしれぬ。

「ぐえっ」

おなごが片膝《かたひざ》をついた。うなじに峰を当てようとしたとき、

「待てっ」

と、これまた般若の面をつけた着流しの男が姿を見せた。大刀を抜き、駆けよってくる。

その前に、隆之介が立ちはだかった。

「私がお相手つかまつる」

隆之介も大刀を抜いていた。正眼に構える。

「世直しの邪魔だてするなっ」

と、般若の面をつけた男が斬りこんでいった。

隆之介はそれを正面で受け、わきに流すなり、すばやく小手を狙う。

予想していたのか、般若面の男はそれを受け、下から斬りあげていく。

隆之介の上体が反り、腹ががら空きとなる。

「隆之介どのっ」

と、矢十郎は叫ぶ。

隆之介はさっと体を引き、胴払いをぎりぎり避ける。

般若面の男はさらに踏みこみ、袈裟懸《けさが》けを見舞う。

隆之介は体を引きつつ、それを弾く。

相手はかなりの遣い手だ、と矢十郎は思った。恐らく頭《かしら》であろう。

「あの御方《おかた》は、どなたなのですか」

と、花奈が問う。見ると、うっとりとした目で般若面と戦う隆之介を見ている。

なにっ、もう隆之介に惚《ほ》れたか。思えば、夜這いをかけてきているのも、強い
矢十郎を見たからだ。

「隆之介だ」

と、名を教える。

「隆之介様」

花奈が名を口にする。

「逃げましょう」

と、金左衛門が言う。

「そうであるな」

矢十郎は気を失っているおなごの剣客を抱きかかえた。

「どうなさるおつもりですか」

「ちょっと、このおなごに用があってな」

「まさか、まぐわうおつもりでは」

と、花奈が悋気《りんき》の目を向けている。隆之介に惚れつつ、矢十郎に悋気とは忙しい後妻だ。

「行くぞ」

と、乳房を出したおなごを抱えたまま、矢十郎は背を向ける。

「待てっ」

と、背後より般若面の男の声がする。

「邪魔だっ」

と、声がして、かきんっと刃と刃がぶつかる音がする。

そして、ぐえっ、とうめき声がした。

振り向くと、般若面の男が右手だけで大刀を持っていた。左腕から血が出ている。矢十郎に気を取られて、隙ができたのだろう。力は互角だった。となると、わずかな隙が勝負を決める。

隆之介が袈裟懸けを見舞っていく。

般若面の男はさっと下がり、こちらを見つつも踵《きびす》を返した。左腕の刀傷がかなり痛むようである。

隆之介は追わなかった。

「見事だ、隆之介どの」

矢十郎は隆之介を称《たた》えた。

隆之介が駆けよってきた。

「隆之介様、ありがとうございました」

と、花奈が隆之介を熱い目で見つめる。

「大事ないか」

と、隆之介が花奈を見て、そして金左衛門を見る。提灯持ちの小僧も寄ってきた。

「はい、隆之介様のおかげで、花奈は大丈夫です」

「そうか」

と、隆之介がうなずく。花奈は隆之介しか見ていない。どうやら、矢十郎はお払い箱のようだ。

「礫を乳首に当てるとは、なかなかの腕前であったな。助かったぞ。あれがなかったら、危なかった」

「乳を狙ったのですが、うまいぐあいに急所に当たりました」

「急所か。そうであるな。おなごの急所は乳首とおさねであるな。なあ、花奈さん」

　花奈は隆之介に見惚《みと》れたまま、矢十郎の話は聞いていなかった。

三

「お頭っ」

　猪牙船《ちょきぶね》に戻ってきた源一郎が刀傷を負っているの見て、夏鈴は目をまるくさせた。

「出せ。追っ手が来るかもしれぬ」

　と、棹《さお》を持つ夏鈴に源一郎が命じる。はいっ、と夏鈴が掘割に棹を差す。滑るように猪牙船が離れる。

「うう……」

　と、源一郎がうなる。こんなお頭を見るのははじめてで、夏鈴は動揺していた。

　源一郎は左腕の袖《そで》を破った。ざっくりと斬られている。

「お頭っ」

夏鈴は棹から手を放し、源一郎の隣にしゃがむ。

「たいした傷ではない」

「すぐに血止めを」

と、夏鈴が左腕のつけ根を縛っていく。

「うう……」

源一郎がうめく、

「すごい汗」

と、懐から手ぬぐいを出すと、源一郎の額の汗を拭《ぬぐ》っていく。

「わしのことはよいから、船をはやく大川に出すのだ」

「しかし……」

夏鈴は心配で、お頭から離れない。

「はやくしろっ」

はいっ、と立ちあがり、棹を差す。

「麗乃はどうなったのですか」

と、夏鈴は問う。

「攫《さら》われた。当身を食らい、攫われそうになったゆえに、わしが助けに入ったのだ。すると、もうひとり用心棒があらわれた」

「もうひとり……」

「それが、かなりの遣い手でな。刀を受けてしまった……」

「お頭……」

「恐らく麗乃を攫うために、もうひとり用心棒を用意したのであろう」

「麗乃を攫う……山崎屋がですか」

「それがわからん。山崎屋が世直し辻斬りを攫って、なんの徳があるのだ」

ううう、とまたも顔を歪《ゆが》める。

「医者に診せないと」

「いや、隠れ家に塗り薬がある。秘薬だ。かなり効く」

「用心棒風情が、お頭を斬るなんて……」

「江戸は広いな。まさか、金貸しに雇われた用心棒に斬られるとは……」

源一郎は唇を嚙《か》みしめている。傷の痛みよりも、負けた心の痛みのほうが大きいように見えた。

「麗乃はどうします」

「わからん」

「御前様にご報告しますか」

「ううむ……」

源一郎はうなっていた。

四

矢十郎と隆之介は今宵のために借りた、両国広小路そばの仕舞屋《しもたや》に世直し辻斬りのおなごを運んだ。ここには庭に土蔵があり、そこに運んだ。

土蔵の床に寝かす。隆之介が用意した行灯《あんどん》に火を点《つ》ける。

すると、般若の面をかぶったおなごの姿が浮かびあがる。

「しかし、よい乳をしているな」

と、矢十郎がさっそく、おなごの豊満な乳房をつかんだ。

こねるように揉《も》んでいく。

「矢十郎どの……まずは拘束しないと……起きたら、反撃されますよ」

そうであるな、と言いつつ、矢十郎は乳揉みをやめない。

「う、うん……」

と、おなごがうなる。

「顔を見ようぞ」

左手ではなお乳房を揉みつつ、矢十郎が般若の面に手をかける。

般若の面を取った。

「ほう、これはなかなかよいおなごだ」

想像以上に美形で、想像以上に男好きのする顔立ちをしていた。

乳揉みに感じているのか、眉間《みけん》に縦皺《たてじわ》を刻ませ、半開きの唇から吐息を洩《も》らしている。

隆之介も顔を寄せてくる。

「確かに、よいおなごです」

「隆之介どのも乳を揉め」

と、矢十郎が言う。

「いいえ、私は……それより、まずは拘束しないと」

床にはあらかじめ鎹《かすがい》を四つ打ちこんでいた。おなごの右腕を斜めに伸ばし、鎹に通した縄で手首を縛っていく。矢十郎も左腕をつかみ、伸ばすと左手首を縛っていく。

おなごが、うう、とうめいた。

隆之介が右足をつかみ、伸ばしていると、目を覚ました。

矢十郎と目が合う。

「お、おまえはっ」

おなごが矢十郎に平手を見舞おうとした。が、両腕は動かない。

おなごが下半身を見た。ぎりぎり隆之介が右足首も縄でつないでいた。自由なのは左足だけだ。

「卑怯《ひきょう》なっ」

と言いつつ、自由な左足を動かすものの、たいした抗《あらが》いにはならない。

おなごは、上半身はまる裸であったが、下半身は黒い野袴《のばかま》に包まれていた。

「わしは権堂矢十郎と言う。おまえの名を教えてくれ」

「知らぬ……」

と、美形のおなごが矢十郎をにらみつける。

「名を知らぬとつまらんであろう」

と言って、矢十郎はおなごのあらわな腋のくぼみに顔を寄せていく。

「な、なにをする……」

おなごがうろたえた。

「おお、よい匂いがするのう。わしはよいおなごの腋の汗が好きでのう」

和毛が貼《は》りつく腋の下は、おなごが男好きのする美形ゆえに、なんともそそった。

「や、やめろっ」

「名を教えてくれたら、腋の匂いは嗅《か》がんぞ」

矢十郎は腋の下の手前まで鼻を寄せつつ、そう言う。

「麗乃だ……」

と、おなごが名乗った。

「そうか」

と言うと、矢十郎は腋のくぼみに鼻を押しつけた。押しつけずにはいられない、そそる匂いがしていたのだ。

鼻孔から、股間を直撃するような汗の匂いが入ってくる。

矢十郎はぐりぐりと鼻を押しつける。

「やめろっ」

麗乃は叫び、まだ自由な左足で矢十郎を蹴《け》ろうとする。が、矢十郎は当たらない場所から腋の下に顔を埋めている。

「ああ、たまらんぞ。隆之介どのもどうだ」

と、矢十郎は隆之介を誘う。

「わしは、けっこう……」

と、隆之介が言う。

けっこうなどと言っていられるのは今のうちだぞ、隆之介。わしの色責めは凄《すさ》まじいからな。

「仲間がすぐに、ここに来るぞ」

矢十郎をにらみつつ、麗乃がそう言う。

「それはどうかな。来るなら、もう来ている。それに、隆之介どのに斬られた男はかなり動揺していたぞ。恐らく、あんな刃を受けたのは、はじめてかもしれぬな」

麗乃はなにも答えず、にらんでいる。

そのにらむ眼差《まなざ》しがまたそそる。色責めのしがいがあるというものだ。

「助太刀に来たあやつは頭か」

と、矢十郎が問う。

「知らぬ……」

と、麗乃が言うと、矢十郎は腋の下に顔を寄せ、今度はぺろりと舐めた。

「やめろっ」

ぺろぺろと舐めつつ、乳房に手を向ける。たわわな乳房をつかみ、揉んでいく。

「や、やめろっ。乳から手を放せっ」

麗乃が叫ぶ。

「あやつは頭であるよな」

と問いつつ、矢十郎は乳房にしゃぶりつく。乳首をとがらせようと、舌腹で舐めあげいく。

「やめろっ」

麗乃が左足で蹴ろうとしたが、それを隆之介がつかんだ
「放せっ」

麗乃が必死に足を動かそうとする。

矢十郎は乳首を舐めつづけている。

「矢十郎どのっ、加勢をっ」

と、隆之介が言う。

「そうだな。乳首を吸うのに忙しくてな」

矢十郎は乳房から顔をあげると、麗乃の左足を隆之介といっしょにつかんだ。

男ふたり相手では、麗乃も抗えない。

左足首にも縄が巻かれ、鎹でつながれた。

「こたびは、そなたに聞きたいことがあって、来てもらったのだ」

と、矢十郎が言う。

「おまえたち用心棒に話すことなどないっ。悪徳商人の用心棒などやって、武士として恥ずかしくないのかっ」

変わらずにらみあげつつ、麗乃がそう言う。

「世直し辻斬りとはいっても、人殺しであるぞ、麗乃」

と、矢十郎が言い、隆之介もうなずく。

「おまえたちの金まみれの汚れた剣とは違う。私たちは正義の剣だっ」

と、麗乃が叫ぶ。

頭にかなり吹きこまれているようだ。いや、御前様の吹きこみか。

「御前様のことを聞きたい」

「なにも知らぬ」

「御前様はいったい何者なのだ」

と問いつつ、矢十郎は乳房に手を向けていく。矢十郎の唾まみれとなった乳首を摘まむ。

「あうっ……」

麗乃が反応を見せた。矢十郎は乳首を摘まんだまま、こりこりところがしはじめる。

「や、やめろ……」

左の乳首をいじっていると、舐めていない右の乳首もとがりはじめた。

「隆之介どの、右の乳首を頼む」

「いや、わしは……そのようなことは」

「そうか」

矢十郎は左の乳首をいじりつつ、右の乳房に顔を寄せていく。

「やめろ」

「御前様は何者だ」

「だから、知らぬっ」

矢十郎は右の乳房に顔を埋めていく。左の乳首をいじりつつ、右の乳首をちゅうっと吸っていく。

「あ、ああ……」

麗乃が甘い声を洩らす。

この躰、ほぐれてきているぞ。

「隆之介どの、腋を」

と、矢十郎が言う。

「わしは……」

「これは御前様の名を聞く手段なのだ。色責めは責める側の手や舌が多ければ多いほどよいのだ」

普通、男女のまぐわいは一対一である。愛撫《あいぶ》を受けても、口とふたつの手だけだ。それが男がふたりとなると、倍の愛撫を受けることになる。それだけでもかなり違うはずだ。

「これは御前様の名を聞くための手段なのですね」

「当たり前だ。もしや、わしが好きこのんで、世直し辻斬りの乳を吸っていたと思っていたのか」

「いや、それは……」

すまなかった、と詫《わ》びると、隆之介が右の腋の下に顔を寄せていく。そして、しばしためらったあと、顔を押しつけていった。

「ああ、これはっ」

どうやら、隆之介もおなごの腋が好きなようだ。

ぐりぐりと顔面を押しつけている。

「乳も頼む」

と言うと、矢十郎は黒い野袴に包まれた麗乃の下半身に手を伸ばす。ぴたっと恥部に貼りついた布を撫《な》でる。

「やめろ……」

麗乃の声が甘くかすれている。

矢十郎は小柄を手にした。

「なにを……」

腋から顔をあげて、乳房に手を伸ばそうとしていた隆之介が目を見張る。

矢十郎は小柄を一閃《いっせん》させた。

「あっ……」

恥部に貼りついていた黒い野袴がぱっくりと開いた。

と当時に、細い下帯の食いこむ割れ目があらわれた。

「ほう、おなご下帯であるな」

と、矢十郎は言った。

「おなご、下帯……」

「そうだ。おなごの剣客はこれをつけていると聞いていたが、はじめて見たな」

「そうなのか」

と言いつつ、隆之介が麗乃の乳房をつかんでいく。

「あう……」

割れ目に食いこんでいるおなご下帯は湿っていた。それゆえ、めりこんでいる。

「ほう、濡らしておるな」

と、矢十郎がつぶやく。

「わしの乳吸いに感じたか」

「感じてなぞおらぬっ」

と、変わらずにらみつけるが、さきほどまでの迫力は欠けていた。

その間も、隆之介がふたつの乳房を揉みしだいている。たわわな乳房が隆之介の手で淫《みだ》らに形を変えている。

「どうかな」

矢十郎はおなご下帯越しにおさねを押した。

「あうっ……」

麗乃の躰がぴくぴくと動く。

やはり、おさねは急所である。

「乳首をふたつ同時に責めてくれ。わしはおさねを責める」

わかった、とうなずき、隆之介がふたつの乳首を摘まみ、こりこりところがしはじめる。

それを見て、矢十郎は割れ目に食いこむおなご下帯を少しわきにずらした。おさねをあらわにさせると、そこに吸いついた。

「ああっ……」

麗乃の下半身ががくがくと震える。

「御前様の名を言え」

と、隆之介が矢十郎に変わって聞く。矢十郎はおさねで口が塞がっている。

「ああ、ああ、知らぬ……」

「知らぬことはないであろう」

と、隆之介が左右の乳首をひねりはじめる。

「あう、うう……うう……」

麗乃が苦悶《くもん》の表情を見せる。まずい、と思った。痛みはだめだ。

「うう、うう……」

「どうだっ。言えっ」

隆之介がさらに乳首をひねる。

「あ、ああ、あうう……」

どうやら、まずくもないようだ。おなご下帯の食い入る女陰《ほと》から大量の蜜《みつ》があふれはじめている。責められると感じるようだ。

よいぞ、隆之介。

「言わぬかっ」

隆之介が乳首から手を放した。

やめるのか。もっとひねってよいぞ、隆之介。

隆之介は、すぐさま乳房にしゃぶりついた。

「あっ、なにをっ」

乳首に歯を当てられ、麗乃がうろたえる。と同時に、さらに蜜があふれてくる。

隆之介が右の乳首をがりっと噛んだ。

「あう、うんっ」

大の字に磔《はりつけ》にされた麗乃の躰ががくがくと痙攣《けいれん》する。

「どうだ。御前様の名を話す気になったか」

乳房から顔をあげ、隆之介が麗乃に問う。

もしや隆之介のほうが、色責めに向いているのか……。

「知らないものは……知らない……」

隆之介を見あげる麗乃の瞳が潤んでいる。もちろん、涙ではない。

隆之介がふたたび乳房に顔を埋めて、左の乳首に歯を当てる。

「言わねば、噛み切るぞっ」

と、隆之介が言う。隆之介なら、真《まこと》に噛み切りかねない。

「知らぬっ」

そうか、と隆之介が左の乳首を噛んだ。

「あう、うう……うう……」

麗乃の躰が痙攣する。眉間の縦皺がより深くなる。苦悶の表情がたまらなくそそるおなごである。

「矢十郎どの、なにをしておられる。おさねをっ」

と、隆之介が指示している。

「すまない……」

乳首嚙みに耐える麗乃に、矢十郎は見惚れてしまっていた。

「吐かぬと、おさねも嚙み切るぞ」

と、矢十郎は言う。

「構わぬ……知らぬものは知らぬのだっ」

麗乃の声は甘くかすれている。責めてはいるが、責めになっているのか。

矢十郎はおさねを口に含むと、おなごの急所中の急所に歯を当てる。それだけで、さらに大量の蜜が出てくる。矢十郎の顔面は、発情したおなごの匂いに包まれている。

矢十郎は隆之介にならって、がりっとおさねを嚙んだ。そのとき、隆之介も左の乳首を嚙んでいた。

「ひいっ」

と叫び、麗乃が弓なりに躰を反らせた。そのままでがくがくと痙攣させる。どっとあぶら汗が噴き出し、土蔵の中が麗乃の匂いでむせ返らんばかりとなる。

さらに嚙んだが、反応がない。

見あげると、麗乃は白目を剝《む》いていた。

五

「真に知らないのかもしれませんな」

「いや、わからぬ」

と言いながら、矢十郎は帯を解《ほど》きはじめる。

「暑いですか」

と、隆之介が聞く。

「暑いから脱いでおるのではないぞ。次は肉の刃で責めたてるのだ」

と言って、着物を脱ぎ、下帯に手を向ける。

「肉の……刃……」

矢十郎は下帯も取った。ずっと押さえられていた魔羅が、ぐぐっと反り返る。

「起こすか」

と、矢十郎は気を失ったままの麗乃の美貌《びぼう》を跨《また》ぐとしゃがみ、鋼の魔羅で優美な頬《ほお》をたたく。

「うう……」

とうめきつつ、麗乃が目を覚ました。

魔羅を目にしたとたん、しゃぶりついてきた。

「矢十郎どのっ、危ないっ」

隆之介が叫ぶなか、矢十郎の魔羅が麗乃の口に包まれる。噛まれると思ったのだろうが、そのようなことはない。

矢十郎は自らも麗乃の口を塞いでいく。先端で喉を突く。

「うぐ、うう……」

うめきつつも、麗乃は吸いはじめた。

「これは、なんと」

隆之介が驚きの声をあげる。

「おなごは魔羅を噛むことはないぞ、隆之介どの」

「そうなのですか」

麗乃はうんうんうめきつつ、吸っている。

「隆之介どの、女陰に入れるのだ」

「えっ」

「下の穴を塞いでやれ」

「それは……できませぬ……」

「ああ、そうか。おなご知らずであったな」

隆之介と話す間も、矢十郎は麗乃の口を塞いでいる。

「最初は美月どのと決めております」

純情そうな顔を見せる。さっき、麗乃の乳首を噛んだ同じ男とは思えない。

「わかった。わしが下の穴を塞ごう。隆之介どのは上の口を塞ぐのだ」

「わしは……魔羅は……」

「これは遊びではないのだぞ。御前様の名を吐かせるために、やっているのだ」

「このようなことをつづけて吐きますか」

「これからだ」

矢十郎は麗乃の口から魔羅を抜く。先端からつけ根まで麗乃の唾まみれとなっている。

下半身へと移動する。下半身は相変わらず黒い野袴に包まれていたが、おなご下帯が食いこむ割れ目だけ、あらわになっている。それがなんともそそる。

矢十郎はおなご下帯を割れ目から剝《は》がしていく。

「あう、うう……」

蜜を大量に吸ってふやけてしまっているおなご下帯を剝ぎとった。発情した女陰があらわれる。矢十郎はそこにいきなり肉の刃を向けた。

「なにを、するっ」

ずぶりと貫き、串刺《くしざ》しにする。

「あうっ、ううっ」

麗乃の背中が、また弓なりに反る。

矢十郎は、はじめから飛ばした。ずどんずどんと突いていく。

「ううう、うう、ううっ」

突くたびに、たわわな乳房が揺れる。

「これから、おまえが御前様の名を吐くまで、突いて突いて突きまくってやろうぞっ」

と、矢十郎は宣言する。

「うう、ううっ、やめろっ……ああ、やめろっ……金貸しの用心棒の魔羅など、入れるなっ」

麗乃がにらみあげている。が、もちろんその目はとろんとしている。

それでいて、世直し成敗に値する商人の用心棒の魔羅で突かれている屈辱に、歯ぎしりもしている。

快感と屈辱。屈辱の中の快感。

「本来なら、交互に突くのがよいのだがな、隆之介どの」

激しく突きつつ、矢十郎は隆之介を見やる。矢十郎の突きを受けている麗乃を、隆之介はぎらついた目で見ている。

ともに責めたほうが効果はあるのだが、さすがに麗乃が最初のおなごというのは、まずいかもしれぬ。が、逆にここで一気に男になれば、美月どのともすぐに結ばれるかもしれぬ。

「魔羅を出せ、隆之介どの」

隆之介が自ら帯を解きはじめる。

よいぞ、隆之介っ。

「あ、ああっ、ああっ」

麗乃が気をやりそうな顔を見せている。

「気をやるか、麗乃っ。悪徳商人の用心棒の魔羅で正義の女陰が気をやるかっ」

と、矢十郎が問う。

「やめろっ。はやく魔羅を抜けっ……穢《けが》れた魔羅で……気をやるなど……ありえぬっ」

麗乃の躰はあぶら汗まみれとなっている。乳首はこれ以上とがれないほど、しこりきっている。

「やめろ、やめろっ……あ、ああっ、ああっ」

「気をやるかっ、麗乃っ」

「いやだ、いやだっ」

「気をやりたくないのなら、御前様の名を言えっ」

「知らぬっ、知らぬっ」

「では、気をやれっ」

と、矢十郎はとどめの一撃を見舞い、射精させた。

「あっ、い、いく……」

麗乃はいまわの声を放ち、がくがくと躰を痙攣させた。

同じころ。寺社奉行、水野忠邦の屋敷。

「どうした」

書物を読みつつ、水野忠邦は天井に向かって聞いた。

天井裏が開き、ひとりの忍びが、

「麗乃が捕らわれました」

と告げた。

「ほう、源一郎がいたはずだがな」

「左腕に傷を負いました」

「そうか。そろそろ二の矢を放つときが来たかもな」

と、忠邦が言った。

「御意」

と、忍びが答え、天井裏を閉じた。


「うんっ、うんっ」

麗乃が射精させたばかりの矢十郎の魔羅をしゃぶっている。

「悪徳商人の用心棒の魔羅はうまいか」

「うんっ、うんっ」

それには答えず、麗乃はしゃぶりつづける。すると、瞬く間に勃起を取り戻した。

「すごい」

すでに下帯も取り、魔羅を出した隆之介がうなる。隆之介の魔羅も天を衝《つ》いている。

「入れるか」

「いや……」

では、と矢十郎は、ふたたび肉の刃でどろどろの麗乃の女陰を串刺しにする。

「ああっ……」

ひと突きで、麗乃がよがる。

隆之介の魔羅がぴくっと動く。先端は我慢汁で白くなっている。

「ほらっ、どうじゃっ。悪徳商人の用心棒の魔羅はよかろう」

矢十郎はさらに激しく突いていく。

「あう、ううっ……うう……あああっ、ああっ、い、いいっ」

汗まみれの巨乳をたぷんたぷん揺らしつつ、麗乃が歓喜の声をあげている。

「ああ、たまらん」

隆之介の目がさらにぎらついてくる。牡《おす》の目になっている。頭を斬って、昂ったままなのもあろう。

「ああ、また、また……」

麗乃が舌足らずな声をあげる。

「もう、気をやりたいか。正義の女陰が、悪徳商人の魔羅に屈してよいのか」

「だめ、だめっ……魔羅を抜いてっ」

麗乃がすがるような目を向けている。それでいて、女陰はもっと責めてというように締めてくる。

「そうだな」

と言いつつ、矢十郎はさらに激しく抜き挿していく。さきほどぶちまけた精汁が泡となって出てくる。

「あ、あああっ……い、いく……いくいくっ」

またも、麗乃がいまわの声をあげた。

矢十郎はこたびは出さず、魔羅を抜く。麗乃の割れ目は鎌首《かまくび》の形に開いたまま閉じない。精汁まみれの女陰を蠢《うごめ》かせている。

それを隆之介がぎらついた目で見ている。反り返ったままの魔羅はずっとひくついている。我慢汁は裏すじまで垂れている。

「隆之介どの、いかせてやれ」

矢十郎が言うと、隆之介がうなずいた。これには矢十郎のほうが驚いた。まさか、ここで麗乃の女陰で男になるのか。もう、我慢の限界なのかもしれぬ。よいぞ、隆之介。男になれ。そして、その魔羅で美月どのをいかせまくればよいのだ。

隆之介が麗乃の股間に腰を落とした。

「入れるな……悪徳商人の手先の魔羅など……正義の女陰に入れるな」

入れるな、という声が甘くかすれている。

「わしは悪徳商人の手先などではないっ。わしのほうこそ正義の魔羅だっ」

「私の女陰が正義よっ」

「わしの魔羅が正義だっ。わしの魔羅で鉄槌《てっつい》を食らわしてやるっ」

そう叫ぶと、隆之介が我慢汁まみれの鎌首を麗乃の女陰に向けた。

先端がめりこもうとしたとき、
どかんっ。

と、凄まじい音がした。

六

さらに、どかんっ、どかんっと凄まじい爆破音が両国広小路のほうからした。

矢十郎はすばやく着物をつけると鞘《さや》ごと大刀を持ち、土蔵を出た。

隆之介も従う。

「なんだっ」

「あれは」

両国広小路から火の手があがっていた。

「火事だっ。延焼するぞっ」

と叫び、矢十郎は隆之介とともに両国広小路へと走る。かんかんっと火《ひ》の見櫓《みやぐら》から火事を知らせる音が鳴る。

が、一度あがった火の手がひろがる様子はない。それどころか、炎は鎮まっていく。

どういうことだ。

両国広小路に駆けつけたときには、火の手は鎮まっていた。

「火除地《ひよけち》だけ爆破したのか」

あたりには火薬の臭《にお》いがしていた。

火除地でも昼間は見世物小屋をやっているが、日が暮れると解体しなければならない。解体したものだけ爆発していた。それゆえ、延焼することはなかった。

どうやら死人もいないようだ。

「あれは御法度の見世物をやっていて、ぼろ儲《もう》けしていた小屋だな」

見世物小屋の中で男女のまぐわいを見せていると連日大賑《おおにぎ》わいの小屋が爆破されていた。

「そうですね。その隣も、おなごの裸や女陰を小屋の中で見せて、大儲けしていた小屋です」

そのふたつだけが爆発していた。

「世直し辻斬りが、あらたな成敗をはじめたぞっ」

と、町人のひとりが叫ぶ。

「ああ、本当だっ。これは成敗だっ」

成敗っ、成敗っ、とあちこちで様子を見に来た町人たちの声があがる。みな、紙を手にしていた。
見ると、あちこちに紙が散らばっている。そのうちのひとつを矢十郎は拾った。
――おのれの欲望のためだけに世を乱す輩に天誅《てんちゅう》を下す。
と、太い筆で書かれていた。
世直し辻斬りとはどこにも書かれていないが、みな、世直し辻斬りだ、と騒いでいる。
「あらたな成敗をはじめたようだな」
と、矢十郎はつぶやいた。

第六章　疾風《はやて》のごとく

一

「あらたな世直し成敗がはじまったぞっ。御法度の色興業で、ぼろ儲《もう》けをしていた小屋が爆破されたぜっ」

　読売の声が両国広小路に響きわたる。すでに、多くの町人が集まっている。

「死人は出たのか」

　と、さくらが聞く。

「それが解体した小屋を爆破しただけだから、死人は出ていないんだっ。そこが、世直し成敗の賢いところさっ」

「そうだなっ。金、金、金の時世に乗って、あくどい金儲けをしている輩《やから》はみな、成敗だっ」

と、さくらが叫び、

「そう、成敗、成敗っ」

と、集まった町人たちも声をそろえる。

火除地《ひよけち》での爆破の現場となった両国広小路では、飛ぶように読売が売れた。

それを、菅笠《すげがさ》をかぶったひとりの武士が満足そうに見ている。

「上々な出来であるな」

御付《おつき》の男に、そう告げた。


千代田の城。家斉は庭の四阿《あずまや》に立っていた。

早翔《はやと》が控えている。

爆破のあと、現場に残された紙を家斉が読んでいる。

——おのれの欲望のためだけに世を乱す輩に天誅《てんちゅう》を下す。

「ほう、二の矢か。火除地に置かれた小屋を爆破するとは、なかなか気が利いておるな」

「はっ」

と、早翔が返事をする。

「結局、その麗乃という世直し辻斬《つじぎ》りのおなごからは、御前様の名は聞けなかったのであるな」

「はい。色責めで気をやりまくり、もう少しで落ちるところで、両国広小路で爆破が起きて、権堂矢十郎も豊島隆之介もそちらに向かってしまったのです。戻ったときには、麗乃は消えていたそうです」

「色責めで気をやりまくりとな」

　家斉は、そちらのほうに興味を持った。

「はい。あのようなおなごは普通に痛みを与える責めでは落ちません。それゆえ矢十郎が機転を利かせ、色責めをやっていたそうです」

「ほう。どのようなものなのだ、その色責めというのは」

「ふたりがかりで麗乃の躰《からだ》を責めて、燃えあがらせ、そして魔羅《まら》でとどめを刺すのです。麗乃のような正義かぶれのおなごは、悪党の用心棒などを務める輩の魔羅で気をやることは、最大の屈辱なのです」

「なるほどのう」

「もう悪党の魔羅では気をやりたくないと、御前様の名を白状するかもしれませんでした」

「そうか。残念であったな。しかし、この御前様はなかなかの切れ者であるな。定信かと思っていたが、違うとなると、ますます興味が湧《わ》くな。しかも若いとなると、これからさらに手強くなるな」

「はい」

「そのような男が、これまでは頭角をあらわしていないということはないであろう。どこかで異例な出世か、活躍を見せているはずだ」

「そう思います」

「幕府におるかのう」

家斉は宙を見つめる。

しばし思案したあと、にやりと笑った。

「ひとり、おもしろいやつがいたぞ」

「いましたか」

「いた。寺社奉行になった、水野忠邦だ」

「水野様……」

「あれはおもしろいやつだ。しかしあれは、出世のためには猟官運動も辞さない藩主であったよな。となると、忠成と変わらぬではないか。なにゆえ、世直しを……いや、忠邦ではないのかもしれぬな」

また思案顔に戻る。

「しかし、賢いやつと言えば、あやつが筆頭ではあるな。なにせ、奏者番《そうしゃばん》からの出世の妨げになるからと、二十五万石の唐津《からつ》から、十五万石の浜松《はままつ》への転封を願い出た輩だからな。そのようなこと、普通はできぬ」

家斉はにやついている。

「忠邦ではないかもしれぬが、忠邦であれば、それはそれでおもしろいのう」

「水野様は幕府の中で出世されていかれるのでは。幕府を倒すようなことをしますか」

「出世とはいっても、今のままではときがかかるからのう。才気あふれるゆえに、待てぬのではないのか。そうじゃ、忠邦の母は、確か菓子屋の風月堂の主《あるじ》の妻であったな」

「さようですか」

「そうじゃ。そして、風月堂は定信の松平家の御用達《ごようたし》の菓子屋じゃ」

「さすが、上様。なんでもご存じで」

「おもしろいのう。忠邦に会って、聞いてみるかのう」

「御前様かどうかをですか」

「よと定信、どちらにつくのかとな」

家斉はにやりと笑った。


その夜から、江戸の街からひと気がなくなった。

北町、南町関係なく、町方が総動員されて、江戸市中の見張りを行っていた。

絶対、爆破はゆるしてはならぬ、と老中首座、水野忠成からの下知でみな、目の色を変えていた。


明くる日、さっそく家斉は寺社奉行の水野忠邦を江戸城に呼びつけた。

白書院《しろしょいん》。水野忠邦が額を畳に押しつけている。

「面《おもて》をあげ」

と、上座の家斉が言った。

「どうじゃ、寺社奉行は」

「江戸の安寧のために、日々励んでおります」

「そうか。江戸の安寧というと、世直し辻斬りという者が江戸の民を騒がせていて、過日は爆発まで起こしておるのう」

「はい。案じております」

忠邦は神妙な顔でそう言う。

「世直し成敗について、どう思う」

と、家斉は問うた。

「世直しなど、そもそもする必要がありません。上様の、忠成様の世を直す必要など、どこにもございません」

真摯《しんし》な顔で、まっすぐ家斉を見つめ、忠邦がそう答えた。

「そうか。ところで、おぬしの母は風月堂の主の妻であったな。定信の松平家の御用達の菓子屋だそうだな」

「はい」

忠邦はまったく表情を変えない。

「定信とも昵懇《じっこん》か」

「ご挨拶《あいさつ》したことはありますが、定信様のような老中首座であられた御方と、私のような者が昵懇などと……ありえないことでございます」

「そうか」

「しかし、世直し辻斬り、おなごの剣客を使い、しかも乳を出させて成敗させるとは、なかなかの考えだとは思わぬか」

「品がありません」

「そうかのう。しかし、過日の爆破には驚いたな。火除地の解体した小屋だけを爆発させるとは、これもなかなかの知恵者だと思わぬか」

「そうですね。賢い者と思われます」

忠邦はまったく表情を変えず、こちらは賛同した。

「心当たりはないか。このような知恵者、めったにいないと思うのだが」

「心当たりはございません」

「そうか。世直しを叫んでいるのは困るが、このような知恵者こそ、今の幕閣に必要であるな。そう思わぬか」

「はっ」

と、忠邦が返事をする。ほんのわずかだが、表情に変化が見えた。

「忠邦、いかがでございましたか」

忠邦が辞したあと、忠成が白書院に入った。

「うん。食えぬやつであるな。はっきりせぬな。これは、美月にかかっておるのう。忠邦の似顔絵を至急用意して、美月を呼べ」

はっ、と忠成が返事をした。

二

数日後。

美月は江戸のはずれにいた。お頭《かしら》に呼ばれ、稽古《けいこ》をすることになった。美月は道場を休んでいる。

「お頭、刀傷はいかがですか」

「かすり傷だ。たいしたことはない」

「それは安堵《あんど》しました」

美月たちは河原にいた。すぐ目の前には、滝があった。

「こたび、また世直し辻斬りをしくじってしまった」

と、源一郎が言い、麗乃が唇を嚙《か》みしめる。隣には夏鈴もいる。みな、稽古着姿であった。

「しかも、麗乃を用心棒に捕らえられた。その用心棒たちは、ただの用心棒ではなかった」

「どういうことですか」

と、美月は聞く。はじめて耳にしたという体を装う。

「御前様のことを聞いてきたのだ」

「悪徳商人の用心棒がですか」

「そうだ」

源一郎はまっすぐ美月を見つめている。

「山崎屋の用心棒である権堂矢十郎以外に、もうひとり用心棒がいた。そやつはかなりの遣い手で、恥ずかしながら、斬られてしまった」

と、源一郎が渋面を作る。

「あの遣い手は恐らく家斉の手先であろう。矢十郎もそうなのかもしれない。いずれにしろ、わしも麗乃も敗れてしまった。わし自身、鍛えなおす必要がある。そうでないと、わしたちが御前様から見限られてしまう。もう、すでに見限られているかもしれぬ」

源一郎が帯に手をかけた。稽古着を脱ぎ、下帯ひとつになる。左腕には包帯が巻かれていた。

それを見て、夏鈴と麗乃も稽古着を脱いでいく。深紅のおなご下帯だけとなる。

みなが美月を見る。

美月も帯に手をかけた。ここで脱がないと、怪しまれる。どうしても御前様に近寄り、素顔を確かめなければならない。昨日、水野忠成の屋敷に美月だけ呼ばれた。

忠成と会うことはなく、側用人の成川徳之進から下知が伝えられたのだ。

――御前様は、水野忠邦だと思われる。これがその似顔絵だ。しっかりと覚え、確かめてほしい。

いつもと同じように、唇が触れ合うくらい顔を寄せてきて、成川がそう上様の下知を告げた。

水野忠邦。寺社奉行である。確かに若い。若くして、頭角をあらわしている。

忠邦かもしれない。

美月も稽古着を脱いだ。夏鈴たちと同じように、おなご下帯で割れ目だけを隠している。

「よし、まずは気合を入れるぞ」

と言うと、源一郎が川に入っていく。夏鈴と麗乃もそれにならう。

滝に向かって進んでいく。このあたりは浅瀬となっていた。膝《ひざ》までしか水位はない。夏鈴と麗乃の尻たぼが、長い足を運ぶたびに、ぷりっぷりっとうねる。

今日も稽古のあと、あのふたりはお頭とまぐわうのではないか。恐らく、この川辺で。私も誘われるだろう。さらなる信頼を得て、御前様と会うためには、誘いには乗らなければならない。

源一郎が生娘《きむすめ》の花びらを散らすことはないだろう。御前様に進呈するつもりなのだから。見限られるかもしれない、と恐れているのなら、なおさら生娘の美月を進呈するはずだ。

源一郎が滝の中に入る。頭から滝に打たれる。それを見て、夏鈴と麗乃も滝に躰を委《ゆだ》ねていく。

おなご下帯だけの躰がずぶ濡れとなる。

滝に打たれる夏鈴と麗乃の躰を見ていると、美月の股間がうずいてくる。

美月も滝に入った。水流が躰をたたく。乳房をたたく。乳首をたたく。

思わず、

「あんっ」

と、声をあげていた。

隣でも夏鈴と麗乃が、あんっ、と声をあげている。

「ああ、なんて眺めじゃ」

家斉が感嘆の声をあげる。美月が頭たちと稽古をすると聞いて、また千代田の城を出てのぞきに来ていた。遠めがねを使っているが、今日はわりと近い場所から見ていた。

美月、夏鈴、麗乃の三人の美女が、おなご下帯だけで滝に打たれている姿は、美しくも妖艶《ようえん》である。

「城の中にいては、絶対見られない眺めであるな」

頭を先頭に三人の美女が滝から出てきた。すらりと伸びた足を前に出すたびに、六つの乳房がゆったりと揺れる。

これを絶景と言わずして、なにが絶景であろうか。

川辺に戻ると、四人は真剣を持ち、素振りをはじめた。さらに六つの乳房が弾み、揺れる。三人の乳首はみな、これ以上とがりようがないほどとがっている。

「美月の躰も、いちだんとそそるようになってきたな」

「はい」

と、隣に従う早翔がうなずく。

「まだ、生娘であるよな」

「はい。間違いありません」

「奥のおなごはみな生娘であるが、生娘で褥《しとね》にやってきて、すぐに生娘でなくなるからのう。美月はどうだ。生娘のまま、いろんな男の魔羅をしゃぶり、躰を開発されている。しかも、凄腕《すごうで》の剣客と来ている。このようなおなごは、はじめてじゃ」

素振りを終え、頭相手に稽古がはじまる。すでに素振りで、おなごたちは汗をかいている。お天道様《てんとさま》を受けて、きらきら光っている。

夏鈴、麗乃と、頭と真剣を合わせる。源一郎は左腕に傷を負っていたが、なかなか強い。やはり、おなごたちの弾む乳房を狙《ねら》っている。とがった乳首の前で寸止めだ。

「強いな。あやつを斬ったとは、豊島隆之介はなかなかの者よのう」

美月が向い合う。すぐさま乳房を揺らし、斬りかかっていく。

美月の剣捌《けんさば》きは、疾風《はやて》のごとく源一郎の顔面に刃《やいば》が迫っていく。源一郎はぎりぎりでそれを受けた。

鍔《つば》迫《ぜ》り合いとなる。二の腕はしなやかで細いが、美月は力勝負でも負けない。

源一郎が刃を引き、すぐさま美月の乳首を狙う。美月はさっとかわすなり、横から胴を払っていく。源一郎はそれを受けると、そのまま逆袈裟《ぎゃくけさ》に斬りあげていく。

真剣、しかもお互い肌を露出させているために、ほんのわずかかすっただけで傷がつく。しかし、それゆえ、より稽古の密度が濃くなる。実践的。稽古のための稽古ではない。

源一郎と美月は決着がつかず、お互いの攻めを受け、流し、反撃しつづける。

美月の乳房は絶えず弾み、揺れ、乳首はとがったままであった。

そのとがった乳首に、源一郎の刃先がかすめようとした。

寸止め。ようやく決着がつく。

夏鈴と麗乃の真剣勝負へと変わる。四つの乳房が弾み、揺れる。夏鈴の切っ先が、麗乃の乳首をかすめそうになる。寸止め。

真剣の稽古は半刻（一時間）ほどつづいた。

「ここまでだ」

と、源一郎が言うと、ありがとうございました、と三人のおなご剣客が頭を下げる。そしてすぐさま、夏鈴と麗乃が仁王立ちの源一郎の足下にひざまずいた。

「ご指南、ありがとうございました」

と、ふたたび礼を言い、下帯を脱がしていく。

三

「なにをしておる」

「恐らく、これから、まぐわいかと」

「なにっ、美月がいるではないか」

源一郎の魔羅があらわれた。見事に天を衝《つ》いている。

右から夏鈴が左から麗乃が唇を寄せていく。正面が空いている。

「美月、これへ」

と、源一郎が正面を指さす。美月は拒むかと思われたが、違っていた。

言われるまま、正面に膝をつく。

「なにをしておる」

「お礼の尺八《しやくはち》かと」

美月も唇を寄せていく。正面から魔羅にくちづけた。三人の美女の舌が源一郎の魔羅を這《は》う。

「なんてことだ。なんてうらやましい輩だ」

右から夏鈴が鎌首《かまくび》を咥《くわ》え、くびれで止めると吸っていく。すぐに顔をあげると、正面の美月が咥えていく。くびれで止め、吸い、そして顔をあげる。すぐさま、麗乃が咥えていく。

「女陰《ほと》を出せ」

と、源一郎が告げる。すると、おなごたちは魔羅を交互に咥えながら、おなご下帯を自らの手で取っていく。

「なにをしている。取ってはならぬ。それを取ってはならぬぞ」

家斉があわてるなか、夏鈴、麗乃と割れ目に食いこむおなご下帯を取っていく。

そして、自らの指で割れ目を開き、

「お頭、お舐《な》めくださいませ」

と言う。

美月だけは、まだおなご下帯を取っていない。

「それでよいぞ、美月」

と、家斉が言う。

源一郎は夏鈴の花びらにしゃぶりついた。ぺろぺろと舐めていく。

「あ、ああ……お頭……」

「よき顔で喘《あえ》ぐではないか。稽古のあとは、そんなに昂《たかぶ》るものなのか」

「恐らく、真剣を使っているからと思われます。ちょっとの油断で乳首が飛ぶかもしれないわけですから。恐らく乳首の前で寸止めされたとき、濡らしているはずです」

と、早翔が答える。

「美月もか」

「恐らく」

源一郎は夏鈴の蜜《みつ》を舐めとると、すぐさま麗乃の花びらに舌を這わせていく。

その間も、夏鈴の花びらをまさぐっている。

「ああ、ああっ、お頭っ」

「はあっ、あんっ、お頭っ」

夏鈴と麗乃の甘い喘ぎ声が河原を流れる。

そんなふたりに煽《あお》られたのか、美月が自らおなご下帯を脱ぎはじめた。

「美月、おまえはよいのだっ」

家斉があせるなか、美月もおなご下帯を取った。そして、あろうことか、自らの指で割れ目を開き、麗乃の隣に立ったのだ。

家斉は遠めがねを美月の股間に向ける。

美月の花びらはどろどろに濡れていた。

「なんと、ぐしょぐしょじゃ」

「乳首の寸止めは、かなり効くのですね」

花びらが家斉の視界から消えた。源一郎が顔を埋《うず》めたのだ。

「あやつ、なにをっ」

美月の顔に遠めがねを向ける。

「あ、ああっ」

美月がうっとりとした顔を見せている。

「ああ、ああ、お頭っ、お頭っ」

美月の甘い声が河原に流れる。

「なにっ。まさか、もう気をやるのかっ、美月っ」

気をやる寸前で、源一郎が顔を引いた。

「あんっ……」

どうしてやめるのですか、という目で美月が源一郎を見つめる。割れ目は開いたままで、発情した生娘の花びらを見せつけている。

「もう、我慢ならんっ」

と叫びと、源一郎が美月を河原に押し倒した。両足を開くと、腰を入れていく。

「やつ、なにをしておるっ」

家斉が目を見張り、早翔が腰を浮かせる。

源一郎が魔羅の先端を美月の割れ目に向ける。

「わしが散らしてやるっ」

「なりませんっ」

「なぜじゃあっ」

源一郎の目は狂気を帯びていた。生娘でありつつ誘ってくる花びらに、獣と化していた。

「なりませんっ」

美月が懸命に鎌首から割れ目をずらす。すでに指は割れ目から引いていて、生娘の扉は閉じている。

「わしが散らすっ」

と、源一郎が叫ぶ。

夏鈴と麗乃は、今にも散らされそうな美月の恥部に熱い眼差《まなざ》しを向けている。

野太い鎌首が割れ目にめりこもうとする。

「なりませんっ。この花びらは上様のものですっ」

と、美月が叫んだ。

源一郎の鎌首が止まった。夏鈴と麗乃も驚きの顔を見せている。

「今、なんと言った」

「私の生娘の花びらは上様のものなのですっ。おまえのような者が散らしてはならぬのです」

美月が凛《りん》とした眼差しを源一郎に向けた。

「おのれっ、家斉の狗《いぬ》だったかっ」

源一郎が大刀を取るために離れる。美月は裸体を回転させて、大刀を取りに行く。

「おのれっ」

と、夏鈴が美月に斬りかかっていく。

美月は裸体を回転させて、夏鈴の大刀を避けつつ右手を伸ばすと、大刀を手にした。

かきんっ、とぎりぎりで夏鈴の大刀を顔の前で受ける。受けたまま、美月が起きあがる。


「聞いたか」

「聞きました」

「よのために、生娘の花びらを守るために、美月は戦っておるのだ」

家斉は感動していた。

「助けに行きますか」

「いや、よい」

と、早翔が加勢に出るのを止める。

美月は鍔迫り合いしながら起きあがった。そしてすぐに大刀を引くなり、よろけた夏鈴の乳首を狙って刃を振る。

さっと引いたが、切っ先が乳首の横をかすめる。麗乃と同じところから、鮮血がにじむ。

「このアマっ」

と、夏鈴が怒りのまま大刀を振ってくる。怒りに駆られているため、太刀すじが荒くなっている。

美月は難なく太刀すじを見切り、受け流すと、逆袈裟で斬りあげた。

乳房をずぶりと斬りあげる。

「ぎゃあっ」

夏鈴が乳房から鮮血を出しつつ、なおも斬りかかってくる。

美月は、今度は袈裟懸けを見舞った。

ずぶり、と白い躰に斜めに刃が入る。

夏鈴は大刀を落とし、ばたっと正面から倒れた。

「このアマっ、ゆるさんっ」

麗乃が斬りかかってきた。夏鈴同様、美月の命を狙っている。それゆえ峰打ちではなく、容赦なく斬ることにした。ためらうことなく斬らなければ、こちらが斬られる。

ここで死ぬわけにはいかない。生娘のままで……魔羅を知らずには死ねない。

麗乃が乳房を弾ませ、打ちこんでくる。美月の乳首を狙っている。やはり、そこがいちばん前に出ているからだ。

相手の狙いがわかれば、やりやすい。

美月は乳首をかすめそうな切っ先を弾《はじ》くなり、すぐさま胴を払っていく。麗乃はそれを受け、そのまま逆袈裟で斬りあげてくる。

受けたままの美月の腕があがり、腹ががら空きとなる。

麗乃の目が光り、腹を払ってきた。

美月の剣先が、とがった麗乃の乳首を狙った。

麗乃の大刀が美月の腹を斬る前に、美月の剣先が乳首を捉えた。

「ぎゃあっ」

麗乃の右の乳首が斬り落とされた。

ぐらつく麗乃を真正面から唐竹割りで仕留めた。

ぐえっ、と鮮血を噴き出しながら、麗乃が背後に倒れた。

「凄《すさ》まじいな」

「はい」

「しかし、見事だ。ああ、乳に麗乃の血が……」

乳を出したおなごの剣客たちの真剣勝負に、家斉は見入っている。

「見事だ、美月。斬るのは惜しいが、家斉の狗とわかった今、斬るしかない」

と、源一郎が正眼に構える。

美月も同じく正眼に構えた。息が荒い。揺れる乳房には、麗乃の鮮血がかかっている。

源一郎が踏みこんできた。袈裟懸けを見舞ってくる。

はやいっ。

夏鈴たちとは剣捌きが違う。

美月はぎりぎり受けた。そのまま鍔迫り合いとなる。

さきほどとは違い、ぐりぐりと押してくる。

「ひと思いには殺さぬぞ。痛手を負わせ、生娘の花を散らしてから殺すのだ」

源一郎の目が不気味に光っている。

美月はさっと刃を引いた。わきに動いたが、源一郎はよろめくことなく、美月の揺れる乳房を狙っている。

鋭い剣捌きである。命を狙うつもりなら、乳首は飛んでいたかもしれない。傷を負わせ、生娘の花びらを散らせることを優先したことで、わずかに剣先が鈍っていた。

そこを、美月はついた。

大胆に踏みこんでいった。源一郎はひと振りで殺す気はないと見たからだ。

大きく乳房を弾ませ、正面から大刀を突き出した。

源一郎が弾く。構わず、さらに踏みこみ、喉を突いた。

源一郎が弾く前に、喉に突き刺さった。

「ひゅう」

と、声をあげ、源一郎が目を見張る。

「お頭の左腕を斬ったのは、私の許婚《いいなずけ》です」

源一郎の目が大きく見開かれた。刃を抜くと、鮮血を噴きあげながら、源一郎は倒れていった。

美月はもろに顔と乳房に源一郎の鮮血を浴びていた。

四

その夜。

水野忠邦が屋敷で書物を読んでいると、天井裏で気配がした。

「どうした」

と、書物を読みつつ、天井裏に問う。すると天井裏が開き、黒装束の忍びがふわりと降りてきた。

おなごの忍びであった。

「美月が源一郎、夏鈴、麗乃を斬りました。源一郎が美月の生娘の花びらを散らそうとすると、これは上様のものっ、と叫んで、大刀を手にしました。見事、三人を斬っております」

「ほう、美月の生娘の花びらは上様のものか。それはおもしろい」

はい、とおなごの忍びがうなずく。忍びは紗菜《さな》といった。過日、忠邦が乗った駕籠《かご》を追ってきた茜を阻止した忍びのひとりである。

「高岡美月、よがものにするかのう」

と、忠邦が言った。

翌日。

「申し訳ございませんっ。御前様に会うどころか皆殺しにしてしまいましたっ」

美月は老中首座、水野忠成の屋敷を訪ね、忠成と会っていた。

美月のわきにはいつもどおり、側用人《そばようにん》の成川がいた。

美月は忠成があらわれるなり、額を畳にこすりつけていた。

「私の生娘の花びらは上様のものなのですっ。おまえのような者が散らしてはならぬのです」

と叫んだそうであるな、と忠成が言った。

美月は驚き、思わず面をあげた。

「どうして、それを……」

「上様が見ておられたのだ」

わきに座る成川がそう言った。

「上様が……おられた……」

思わず、成川に目を向ける。

「そうだ。ぜひとも美月どのの稽古を見たいと言われて、早翔とともに城を出て、かなりそばから見ておられたのだ」

「上様が……」

「上様はたいそう感激なさってな」

「感激……」

「そうであろう。上様に捧げる生娘の花びらを守るために剣を抜き、三人もの手練れと命をかけて戦ったのであるからな」

と、見てきたように成川が言う。

やはり、この成川徳之進が上様なのでは。

思わず、美月はじっと側用人を見つめる。

成川も見つめている。上様、と思わず口にしそうになった。

「御前様と会える機会は失ったが、そなたの生娘の花びらが守られたのがいちばんじゃ。御前様と会う機会はまた来るかもしれぬが、生娘の花びらは一度失ったら、それで終わりであるからな」

と、忠成が言い、成川がうなずいた。

忠成の屋敷を辞して一時後《いっとき》、美月は浅草の甘味処の二階にいた。

個室で、矢十郎と向かい合っていた。

「このようなところしか思い浮かばなくて。お酒がよかったですよね」

「いや、このあんこ餅《もち》、たいそううまいぞ」

矢十郎はとてもおいしそうに食べている。意外と甘党なのか。

「それで、どうだったのだ」

「あの河原に上様がおられて、生娘の花びらを守るために剣を抜いたこと、たいそう感激されていたそうです」

「そうか。よかったではないか。それで、わしに相談とは」

美月はご相談があると、朝、出がけに、矢十郎に告げていた。

頭たちを美月が斬り、しばらく世直し辻斬りが出ることはないと踏んで、矢十郎は裏長屋に戻っていた。

「頭に生娘の花びらを散らされそうになったとき、上様のことが浮かびました。そのとき、隆之介様のお顔も浮かんだのです。上様の花びらと叫びましたが、隆之介様の花びらでもあるのです」

「そうであるな」

矢十郎がお茶を飲む。

「どうしたら、よいのでしょうか。私は隆之介様の許婚です。けれど、上様にも捧げたいのです。生娘の花びらがふたつあればよいのに、と思ってしまいます」

真剣な顔で、美月はそう言う。

「そもそも、上様はなにゆえ、すぐに散らしてくださらないのでしょうか。千代田の城に呼んで散らしてくだされば、こうして悩むことはないのに……」

「すぐに散らすと、おもしろくないからであろう」

と、矢十郎が言う。

「おもしろくない……」

「千代田の城に呼んでまぐわえば、それは奥のおなごたちと同じになるではないか。上様は、市中で男相手に大刀を振るそなたが気に入ったのだ。まぐわうとすれば、市中のなか、それも、できれば、そなたが剣を振るったあとであるな」

「そうなのですね……」

「美月どの、尻の穴はどうなのだ」

と、あらたなあんこ餅を食べつつ、矢十郎が聞く。

「えっ……」

「尻の穴は生娘なのか」

「お、お尻の……あ、穴……当たり前です。生娘です」

美月は真っ赤になって、そう答えた。

「まあ、やらないとは思うが、究極の選択として、上様には前の花びらを捧げ、隆之介どのにはうしろの穴を捧げるというのはどうだ」

「えっ……」

思いもよらぬ矢十郎の提案に、美月は驚いた。

「おなごにはふたつの穴があるからな。まあ、正確に言えば、口も入れてみっつであるがな」

「ふたつの穴……」

確かに、前の穴を上様に捧げ、うしろの穴を隆之介様に捧げれば、うまくいくのでは。

いや、隆之介様が前の穴だ。しかし、天下の将軍がうしろの穴というわけにはいかないのではないか。

「そのようなこと、まったく考えつきませんでした。さすが、矢十郎様ですね。色ごとには長《た》けていらっしゃいます」

「尻の穴を勧めて、まさか褒められるとはな」

　矢十郎が照れたように笑った。

　その夜、忠邦は定信の江戸での隠居地である向島《むこうじま》の屋敷を訪ねていた。

「火除地の爆発のあと、江戸の夜はすっかり静かになったようだな」

　川魚の刺身を口に運び、定信がそう言う。川魚は今日、定信が釣りあげたものだ。たいてい、その日に釣った魚を刺身や天ぷらにして、その夜に食べている。

「爆破ひとつで静かにさせるとは、たいしたものだ。死人も出ていないというではないか」

「はい」

　忠邦はうなずき、天ぷらを口に運ぶ。

「世直し辻斬りのほうは、みな逆成敗されてしまいました」

「ほう、そうか。誰が斬ったのだ」

「高岡美月という、道場の師範代です。かなりの遣い手で仲間にしたのですが、どうやら上様の息がかかっていました」

「ほう、家斉の狗が入りこんでいたか」

「それがかなりの美貌《びぼう》でして、しかも生娘なのです」

「そうか。そう言えば三月《みつき》前、益田屋《ますだや》を自害に追いやったおなごがいたな。道場の師範代で美人。家斉の狗でありながら、生娘。見たことがあるぞ。そうだ。読売で見たのだ」

「読売に出ていましたか」

「ああ、美人の師範代として出ておった。そうか。そやつに、源一郎は斬られたか」

「源一郎が美月の花びらを散らそうとして、私の生娘の花びらを散らすのは上様だけだ、と斬ったようなのです」

「ほう、そうなのか。しかし、なにゆえ家斉は美月の生娘の花びらを散らさぬのだ。奥に呼べばよいだけではないか」

「奥での戯れに飽きているのでしょう。美月といえど、奥に呼べばただの上臈《じょうろう》。市中で抱けば、おなごの剣客。そちらのほうが、そそるでしょう」

「なるほどな」

とうなずき、定信は手酌で酒を飲む。

「忠邦、おぬし、よからぬことを企《たくら》んでおらぬか」

「わかりますか」

「わかるぞ。美月の生娘の花を散らそうと思っておるな」

「はい」

「家斉の治世を乱し、そのうえ家斉が気に入ったおなごを狙うとは、悪いやつだのう」

「有難き、お言葉」

忠邦も手酌で一気に飲んだ。

五

深川のはずれにある近藤道場。

今日も門弟たちの気合の入った声が道場に響いている。そして、今日も多くの町人たちが物見窓に群がっていた。

もちろんお目当ては、師範代の高岡美月。

「面っ」

背中に流して根元をくくった黒髪を舞わせつつ竹刀《しない》を振り、門弟たちを相手に次々と一本を取っていく。

相手を見る眼差しは凜として美しく、晒《さらし》で押さえても隠しきれない胸もとの隆起もそそっている。

町人たちの中に、家斉と早翔もいた。家斉は隠居した大店《おおだな》の主人ふう、早翔はその御付ふうだ。

「師範はおらぬかっ」

道場の入口から男の声がした。

「道場破りだぜ」

「また恥をかく野郎があらわれたな」

と、町人たちが昂った声をあげる。道場破りが美月にやられるのを見たいのだ。

「どのような御用で」

と、門弟が男に問う。

「師範に用がある」

と、男が答える。

「今、師範は病で伏せっておりまして」

と、門弟が言う。

「入っていただきなさいっ」

稽古を止めて、美月が入口に向かってそう言う。

男が、御免、と道場に入ってきた。

「私は師範代を務めております、高岡美月と……」

と名乗りつつ、前に出た美月の美貌が強張《こわば》った。


もうひとり、顔を強張らせている者がいた。

「あれは……忠邦ではないのか……」

「はい。そう見えます」

「なにゆえ、忠邦が……」

道場にあらわれた着流しのすらりとした若い男は、水野忠邦であった。それとも、他人の空似か。

「お名前は」

と、美月が聞く。美貌は強張ったままだ。

「田口光秀《たぐちみつひで》と申す」

田口と名乗った男は、成川に見せられた水野忠邦の似顔絵とそっくりであった。

寺社奉行がどうして道場破りを……忠邦が御前様であるならば、どうして素顔で……。

そうだ。御前様であるなら、竹刀を交えればはっきりするかもしれない。美月は一度、御前様と真剣で稽古をしている。

「その御方に竹刀を」

と、美月が門弟に言う。門弟が竹刀を田口と名乗る男にわたす。

田口は腰から鞘《さや》ごと大刀を抜き、門弟にわたすと竹刀を構えた。

そのとたん、道場の空気が変わる。

美月も竹刀を構える。できる、とすぐにわかった。恐らく門弟たちで相手になる者はいないかもしれない。

「たあっ」

と、気合の入った声をあげ、田口が踏みこんできた。

面っ、と打ちこんでくる。

美月はそれをさっとかわし、胴を払っていく。田口は胴を受けとめ、そのまま逆袈裟に斬りあげていく。そして美月の両腕があがったところで、すばやく胴を狙ってきた。

　ぱしっと竹刀と竹刀が当たる音が、静まり返った道場に響きわたる。

　お互い、さっと引いた。このとき、踏みこんでいれば、一本取れたかもしれないが、美月は引くほうを選んでいた。田口も同じだ。

　離れて向かい合うと、田口が笑った。

　そしてまた、たあっ、と気合の入った声をあげて、踏みこんできた。

　またも面を狙ってくる。小手を狙ってくると思っていた美月は一瞬、受けるのが遅れたが、ぎりぎり受ける。

　田口はすぐさま小手を狙う。美月はまたもぎりぎり受ける。すると、すぐに面を打ちこんでくる。

「あっ」

　と、物見窓の町人たちが叫んだ。美月が顔面に竹刀を食らったと思ったのだ。

　美月はまたもぎりぎり受けた。

　受けるばかりでは師範代の名がすたると、美月は反撃に出る。

「たあっ」

　と、声をあげ、ぐぐっと田口の竹刀を押しやると、疾風のごとき竹刀捌さを見せて、袈裟懸けを見舞う。

田口はそれを受けて流すと、胴を狙ってくる。

美月は長い黒髪を弾ませながら、さっと背後に引く。

息が荒い。額にも汗をかいていた。そしてなにより、おなご下帯の食い入る恥部が火照り出していた。

まさか道場破り相手に、あそこを濡らしてしまうとは。


家斉は食い入るように、美月と忠邦の戦いを見ていた。

お互い攻めるも、決着はつかない。

忠邦は竹刀で美月を攻めていた。突き刺そうとしていた。それを、美月が竹刀で防御していた。が、そのうち竹刀と竹刀で戯れるようになっていた。

いや、戯れというような生やさしいものではなく、まぐわっていた。

美月と忠邦は、門弟や町人たちが見ている中で、堂々とまぐわっていた。

凜としていた美月の瞳が潤んでいた。恐らく、いや、間違いなく、生娘の花びらを濡らしているはずだ。おなご下帯を食いこませている女陰をぐしょぐしょにさせているはずだ。

家斉は美月と竹刀でまぐわえる忠邦に悋気《りんき》を覚えていた。このよが、天下の将軍が、寺社奉行に嫉妬《しっと》していた。

田口が竹刀を下げた。そして、

「参りました」

と、頭を下げた。

決着はついていなかったが、田口が下がる形となった。

田口は門弟に竹刀を返し、腰に大刀を差す。

そして、背中を向ける。その背中に、

「また……」

と、美月が声をかける。

「また、お手合わせをおねがいします」

家斉には、またまぐわいたいです、と言っているように聞こえた。

六

その夜。

「今日、道場に水野忠邦様があらわれました」

「なにっ」

美月と隆之介は晩飯をすませ、お茶を飲んでいた。

「田口光秀と名乗っておられましたが、成川様より見せられた忠邦様の似顔絵とそっくりでした」

「なんと。寺社奉行が道場破りとは」

「竹刀を合わせていて、気づきました。この方こそ、御前様だと」

「一度、稽古をしているよな」

「はい。あのときの太刀捌きとこたびの竹刀捌きはとても似ていました。同じ相手と稽古しているようでした」

「そうか。そうであったら、なにゆえ寺社奉行が幕府を乱すようなことをやっているのであろうか」

「寺社奉行だからでしょう。若くして出世しているとはいえ、まだまだ老中首座への道のりは遠いですよね。才気あふれる御方ゆえに、もどかしいのかもしれません」

「そうかもしれぬな。しかし、素顔で道場破りとはなんとも大胆だな。竹刀を合わせれば、あのときの御前様と美月が気づくのは、わかっていたであろうに」

「そうですね。大胆です」

「もしや……」

「もしや、なんですか」

「いや……考えすぎかもしれぬ」

「おっしゃってください」

「美月の生娘の花びらをいただくと、宣言しに来たのかもしれぬ」

「えっ……」

美月は目をまるくさせる。そして、頬《ほお》を赤らめた。

「どうした、美月」

「いいえ……なにも……」

忠邦と竹刀を合わせているとき、女陰を濡らしてしまったことを思い出していると、隆之介が大刀を持ち、立ちあがった。

「美月、大刀を持つのだ」

と言う。

「えっ……どうして……」

「稽古だっ」

「でも……このような刻限に……」

「さあ、行くぞ」

隆之介が美月の手をつかみ、引きあげる。いつになく強引だ。美月も大刀を取り、裏長屋を出る。

隆之介は美月の手を握ったまま、どんどん歩いていく。近くに廃寺があった。落ち葉を踏みしめ、境内に入ると、隆之介がすらりと大刀を抜いた。

それを見て、美月の女陰がうずいた。

水野忠邦と立ち合ったときに、美月が女陰を濡らしたことに気づいたのだ。

「なにをしている。大刀を抜くのだ、美月」

「稽古なら、竹刀を……」

「真剣だから、本気が伝わるのだ」

と、隆之介が言う。

本気。私を思う気持ちなのか。それを伝えるために大刀を合わせるというのか。

美月もすらりと大刀を抜いた。隆之介は着流し、美月も袴《はかま》はつけていない。漆黒の長い髪は背中に流して根元をくくったままだ。

真剣を手に向かい合う。

思えば、長峰藩の道場で稽古をしていたとき以来だ。

「たあっ」

と、隆之介が正眼のまま、踏みこんできた。真剣だったが、まったく手加減のない鋭い大刀が迫ってくる。

美月はぎりぎり顔の前で受けた。その刹那《せつな》、女陰がうずいた。

そのまま鍔迫り合いとなる。隆之介がきりきりと押してくる。それを、美月は押し返す。女陰のうずきが強くなる。どろりと蜜があふれてくるのを感じた。

大刀と大刀を合わせた刹那より、美月は隆之介の強い愛を、強い思いを、そして、まぐわいたいという強い気持ちを感じていた。

鍔迫り合いをしながら、それをひしひしと感じていた。

隆之介が大刀を引いた。女陰をうずかせている美月は少しよろめいた。

すると、すかさず胸もとに大刀が迫ってきた。

乳首が着物にこすれる。家に戻ってからは、晒《さらし》を取っていた。小袖《こそで》に、腰巻だけだった。

容赦のない切っ先が美月の胸もとをかすめた。

「あっ……」

小袖が裂かれ、右の乳首が露出した。

それは、恥ずかしいくらいとがっていた。

隆之介の切っ先がとがった乳首に迫った。美月は下がりながら、ぎりぎりで受けた。大刀と大刀がぶつかった刹那、目の眩《くら》むような刺激を感じた。

美月は隆之介と大刀を合わせながら、ぶるっと躰を震わせていた。

忠邦との立ち合いでも感じてしまっていたが、隆之介との立ち合いはその比ではなかった。

竹刀ではなく、真剣だからか。いや、違う。美月への思いが、より強いのだ。隆之介が生娘の花びらをなかなか散らさない間に、家斉があらわれ、そして今、忠邦まであらわれた。

今にして思えば、忠邦は、おまえの生娘の花びらをよが散らすぞ、と宣言するために、道場にあらわれ、美月と竹刀を合わせたのだという気がしてきた。

それを感じた隆之介が今、わしこそ、おまえの生娘の花びらを散らすのだと、名乗りをあげたと感じた。

さっと下がる。その刹那、またも隆之介が乳首を狙ってきた。乳首の前を疾風がかすめる。

「あっ……」

風を感じただけで、美月はかすれた喘ぎを洩《も》らした。

隆之介が美月への思いが強いのと同じように、美月も隆之介への思いが強いことをあらためて知る。源一郎に生娘の花を散らされそうになったとき、上様のものですっ、と叫んだが、隆之介様のものでもあった。

離れて向かい合う。隆之介の切っ先が美月の躰をなぞるように動く。

「あ、ああ……」

それだけで、美月の躰は燃える。

もうここで、私の生娘の花びらを散らしてほしい。上様でも、忠邦様でもなく、隆之介様に散らしてほしい。

美月は大刀を捨て、帯に手をかけた。

「な、なにをしている……」

隆之介が目を見張るなか、美月は小袖を脱いだ。腰巻もすぐに脱いでいく。

月明かりの下に、美月の裸体が、入口があらわになる。

「その大刀ではなく、隆之介様の大刀で……」

と、美月は言う。

そのとき、ごろっと遠くで雷の音がした。にわかに月が雲に隠れ、美月の裸体が薄闇《うすやみ》に包まれていく。

上様と忠邦様が美月の裸体を隆之介の前から隠したような気がした。

「美月っ」

隠れたことによって、逆に隆之介は近寄ってきた。大刀を捨て、美月を抱きよせる。

「美月っ」

「隆之介様っ」

お互い、大刀と大刀で強い思いをぶつけ合って、昂っていた。

隆之介が美月の唇を奪った。ぬらりと舌と舌をからめ合う。けれど、もう口吸いをしていることさえもどかしい。雷の音が近くなってきた。いやな予感がする。

はやく、はやくっ、隆之介様っ。

それは隆之介も感じたのか、口を引くと帯を解《ほど》いた。急いで下帯も取る。すると、魔羅があらわれた。ぐぐっと反り返っていく。

裸になった隆之介が、ふたたび美月を抱きしめた。

さらに暗くなり、ぽつぽつと雨が降りはじめた。ごろごろと雷が近くなる。

「ここでは……本堂に入ろう」

と、隆之介が言う。

「ここで、今すぐ散らしてください。美月を隆之介様のものにしてください」

抱き合ったまま、隆之介が魔羅の先端を美月の割れ目に向ける。

が、抱き合ったままではうまくいかない。なにせ隆之介にとっては、はじめてのことなのだ。

「やはり、本堂で」

「いや……」

美月は強く隆之介を抱きしめる。一瞬たりとも隆之介と離れたくなかった。魔羅が美月の躰から離れた刹那、魔羅が消えてなくなるような気がした。怖かった。だから、ずっと魔羅を躰に感じていたかった。

「雷が落ちそうだ。雷に邪魔されるかもしれぬ」

やはり、隆之介も花びらを散らす前に邪魔が入ることを恐れているようだ。

「わかりました」

雨脚が強くなってきた。大刀を手にして鞘に収めると、本堂に向かう。魔羅を握っていたかったが、できなかった。ともに本堂に急ぎつつ、魔羅を見る。
たまらず、魔羅をつかもうとした。そのとき、ごろごろっと大きな音がして、
そばの木で雷鳴が光った。
美月は隆之介に抱きついた。そのまま、本堂に入る。
本堂は真っ暗だった。
できれば、隆之介の顔を見ながら、おなごになりたかった。
美月は本堂の床に仰向《あおむ》けになった。隆之介が両足を開き、腰を間に入れてくる
のがわかった。
が、とにかく暗い。外ではごろごろと雷が鳴りつづけている。
割れ目に鎌首を感じた。
「あっ……そこです……」
思わず、そう言う。
そのまま鎌首をめりこませようとしてくる。するとまた雷鳴が鳴り、一瞬、節
穴から光りが射《さ》した。と同時に、どかんっと大きな音がした。
光に浮かんだ隆之介の顔は、恐怖で歪《ゆが》んでいた。
これは、どう考えても上様のお怒りだ。それに忠邦の怒りも加わっているのか

もしれない。

「入れてください。今こそ美月を隆之介様のおなごにしてください」

隆之介は、あらためて鎌首を割れ目に向ける。すでに真っ暗に戻っている。

「あっ、そこではないです」

「ここか」

鎌首を当てるが、割れ目から微妙にはずれている。

美月は魔羅をつかみたかった。つかんで、割れ目に導きたかった。でも、それをしたら、隆之介がいやがるだろうと思ってできない。

鎌首が割れ目に触れた。

「そこですっ。そのまま、入れてくださいませっ」

鎌首が割れ目にめりこんでくる。

「ああ、隆之介様っ」

隆之介の魔羅を花びらに感じる。

「ああ、熱い、熱いぞっ」

隆之介がそのまま生娘の花びらを散らそうとした刹那、どかんっ、と凄まじい音がして、本堂が揺れた。

隆之介が起きあがった。なにごとだっ、と外に出る。美月も起きあがり、外を見た。

　大木に雷が落ち、本堂に向かって倒れていた。


　凄まじいな。

　早翔は目を見張っていた。早翔は、ずっとふたりを見張っていた。大刀を合わせているふたりを見て、今宵《こよい》、まぐわいそうな気を強く感じていた。

　いざとなったら、邪魔に入るつもりだったが、まさか天より邪魔が入るとは。

「上様だ……上様がお怒りになったのだ」

　隆之介がそう口にしている。魔羅はすでに縮みきっていた。

　それを見て、早翔はふたりのそばから離れた。今宵は、もう勃起することはないだろう。

　早翔も、上様のお怒りというか、悋気が雷を落としたのだと感じていた。

　天下の将軍の力をまざまざと見せつけられた。


　翌日、千代田の城。白書院。

家斉は寺社奉行、水野忠邦を呼びつけていた。

「深川のはずれの名もない道場に顔を出して、その師範代と竹刀を交わしたそうであるな」

「はっ」

と、忠邦は額を畳にこすりつけたまま返事をする。

「どういうことだ。面をあげい」

忠邦は面をあげると、しっかりと家斉を見つめ、

「江戸市中で、めっぽう腕の立つおなごの剣客がいると聞いて、一度、手合わせをしたくなっただけでございます」

と答えた。

「ほう、それでどうであった」

ひと呼吸置いて、

「通じ合いました」

と、忠邦は答えた。

「なにっ。通じ合ったとはどういうことだっ」

家斉が語気を荒くする。

「言葉どおりでございます。私は高岡美月と通じ合いました」

忠邦はそう宣言した。

コスミック・時代文庫

大《おお》江《え》戸《ど》暴《あば》れ曼《まん》荼《だ》羅《ら》
おなご辻斬り

2025年4月25日　初版発行

【著 者】
八《や》神《がみ》淳《じゅん》一《いち》

【発行者】
松岡太朗

【発 行】
株式会社コスミック出版
〒154-0002 東京都世田谷区下馬 6-15-4
代表　TEL.03(5432)7081
営業　TEL.03(5432)7084
FAX.03(5432)7088
編集　TEL.03(5432)7086
FAX.03(5432)7090

【ホームページ】
https://www.cosmicpub.com/

【振替口座】
00110-8-611382

【印刷／製本】
中央精版印刷株式会社

乱丁・落丁本は、小社へ直接お送り下さい。郵送料小社負担にて
お取り替え致します。定価はカバーに表示してあります。

ISBN978-4-7747-6642-3 C0193

COSMIC
時代文庫

八神淳一 の最新シリーズ！

書下ろし長編時代小説

女神のようなヒロイン誕生
美人剣客、一途すぎる！

大江戸
暴れ曼荼羅《まんだら》

剣の遣い手で美貌の高岡美月は、藩主の目にとまり奥に上がるよう命じられる。だが美月は許婚とともに脱藩するが、追手に阻まれ、美月は川に落ち、許婚は捕らえられた。美月を助けた浪人の権堂矢十郎もまた妻を寝取られ、出奔していた。ふたりは大胆にも城に乗りこみ――。痛快無比の時代エンターテインメント！

絶賛発売中！

お問い合わせはコスミック出版販売部へ！
TEL 03(5432)7084
https://www.cosmicpub.com/